三日月書版

三日月書版

御見我
作品集
FX01001
幻·虛·真
人娃契
御我 著
九月紫 繪

幻・虛・真

人娃契

目錄

楔子

看著訂購的網頁，我最後按下了確定付款的按鈕，一筆不小的金額就這樣落在別人的口袋裡。

巨大的哀號聲……不是我，而是從旁邊的金髮男子嘴裡發出來。

「反正妳就是故意的啦！」金髮男子氣得低吼完，然後一個扭頭，整個人竟然消失無蹤了。

我撇撇嘴：「這麼孩子氣，真是！」

另一名黑髮的男人站在一旁，帶著溫和的微笑，他的表情看起來像是母親看著家中一對小孩子在鬧脾氣……真是胡鬧了！我才是母親，你是「小孩子」好嗎？

不過，說一個身高將近一百八十公分的成熟男人是「小孩子」，實在連自己都說服不了，畢竟我連一百六都沒有，站在人家面前只看得見他胸口的紅領結。

回到正題，剛才訂購的東西叫做 Ball-jointed doll，簡稱ＢＪＤ，中文名稱叫做球體關節人形，是種可以高度模擬人體動作的娃娃，最近很流行。

能夠傳到我耳裡的東西都絕對是很流行了。

網頁上顯示的娃娃帶著溫和的微笑，模樣看起來和面前的黑髮男人很像，加上我又買了和這男人髮型一模一樣的假髮，給娃娃戴上以後一定會更像！

「喜歡嗎？」我明知故問。

果然，黑髮男人笑著回答：「非常喜歡，真是感謝您。」

雖然對方看起來好像很高興，不過我卻一點成就感也沒有，因為這黑髮男人的身分是一名管家，盡責的管家先生從來都不會違抗主人，哪怕我訂了一尊豐胸細腰的芭比娃娃來給他，他也照樣會上揚嘴角說非常喜歡吧？

這真讓人有點失落，如果是買金髮的那尊娃，金髮男子的興高采烈會讓人有成就感得多吧？

不不，我想金髮男子也不見得會有多高興，他想要的東西始終不是一尊娃而是真正的身體，之所以會氣得跑掉，也不過是又爭輸管家先生，所以終於鬧脾氣了而已……是說，人家管家先生根本沒跟他爭過任何東西。

其實多訂一尊ＢＪＤ娃給金髮男也是沒多大差別，最近正好發稿費嘛！

故意不訂他的份也只是要稍微懲罰一下他而已，那個卑鄙無恥的金髮男都不知道用了多少卑鄙無恥的方法，就是想要我呼喚他的名字，幸好老娘我實在太了解他了，對他的防備足足有太平洋那麼深，才沒讓他得逞。

什麼？呼喚名字有什麼關係？

開什麼玩笑，他們的名字可不能隨便呼喚，自古以來，名字就有種力量，雖然時至今日，這種力量已被遺忘大半，但對於管家先生和金髮男「這種東西」，名字仍舊擁有絕大的力量。

別呼喚他們的名字，因為——

喚名一次成幻，喚名兩次成虛，喚名三次終成真。

金髮男和黑髮管家都已經是「幻」了，接下來要更小心，絕對不能呼喚他們，要是不小心又升了一級，事情可就真的糟糕了。

「你們還真是麻煩的東西！」

說完就一眼瞄見旁邊的黑髮管家，我連忙亡羊補牢的說：「你例外！」

管家仍舊保持微笑，也不知道相信不相信，不過反正我講的也是實話，因為管家真的是太好用了！

雖然不敢讓他成「真」，甚至連成「虛」都不敢，不過還是忍不住幫他找個東西居住，最近很流行的球關節娃娃真是再合適不過……除了價錢很不合適，實在貴到我都肉痛了。

但只要管家先生在這裡有東西可以住，那不用我呼喚他，他也可以自己出來幫我打掃房間、煮飯和洗衣服，比什麼全自動洗衣機或者吸塵器都好用得多，這樣一想，那尊娃的價錢簡直太便宜了！

唯一比較麻煩的是垃圾還是要自己去倒，只是「幻」的管家先生並沒有能力可以走到巷口去倒垃圾而不會引起一陣尖叫……畢竟他的大腿以下都是透明的。

之前寒流來的時候，我差點為了不想出門倒垃圾而再次呼喚管家的名字，幸好垃圾一週只需要倒一次，勉強可以忍耐下來。

「有娃娃給你居住的話，你有辦法弄出腳來嗎？」我試圖想要連一週去倒一次垃圾都省掉。

「短時間應該可以的，而且這個……」管家先生看著訂購網頁，讚嘆：「這娃娃真是太像人了，可以讓偽裝變得更容易。」

「是呀，真像人。」我瞥了網頁上的娃娃一眼。

可不是嗎？身體的肌肉無一不像，肌肉上頭甚至還刻畫出血管，真的，太像人了。

CH.1
小雪

節之一・多出來的女孩

姜子牙一直都以為家裡不正常的人只有自己而已。

嗯……或許還有那個把自己兒子取名叫做姜子牙，然後某天留了封信說要去拜師成仙，從此失蹤的老爸，不過他們一向當作家裡沒這個人存在。

現在這情況看起來似乎……

他的雙胞胎姐姐姜玉正忙著餵一對女兒吃小麥粥，左餵餵右餵餵，真是好不忙碌。姐夫江其兵則一邊吃飯一邊看著手上的文件，三不五時會轉頭跟他說話，問問學校情況怎麼樣，最近成績好不好之類的。

一切看起來貌似都很正常，氣氛相當和樂融融，可以說得上是個十分溫馨的家庭。

但是卻有一點讓姜子牙開始懷疑到底是這個美滿的家庭瘋了，還是根本就是自己瘋了？

姜玉明明就只有生一個女兒。

至少今天早上他出門上課前都還是一個，但當他傍晚回家的時候，卻看見一對姐妹花。

回家的時候，門一打開，他就呆愣地看著兩個小孩，兩個小孩還默契十足的喊「牙牙哥哥你回來了呀」。

那時，姜玉在廚房忙著煮飯，似乎完全不覺得多了一個小孩，姐夫江其兵下班回來的時候，甚至還問了其中一個小女孩有沒有乖乖地幫媽媽照顧妹妹。

姜子牙這才開始懷疑是自己瘋了，開始努力回想這個家到底有幾個小女孩。其中一個肯定是這個家的女兒，他很肯定自己早上泡了牛奶給其中一個喝，然後她打嗝的時候還吐了他一身，害他不得不去洗澡換衣服，免得滿身奶味，結果導致上課遲到，讓教授瞪了一堂課。

但是，另外一個卻很陌生，水汪汪的大眼睛——是藍色的；頭髮是長卷髮帶充滿漂亮的光澤——是白色的；皮膚宛如雪一樣白皙，可愛到人見人愛，比電視廣告上的寶寶都還漂亮！

不過這是臺灣的小孩嗎？

怎麼看都像外國人啊！可是姜玉和江其兵都絕對是土生土長黑髮黑眼的臺灣人，生出白髮藍眼小孩的第一件事情應該是驗 DNA 吧！

「姐，這是隔壁家的小孩嗎？」

雖然隔壁只有一個奇怪的女人，幾乎不出門，也沒見過有訪客上門，絕對是傳說中的宅女，別說小孩了，唯一會上她家門的人類恐怕就只有郵差而已。

話一說完，全家的和樂突然靜止了。

姜玉拿著湯匙的手停在半空中，江其兵的笑容也僵在臉上，大人突然靜止還算正常動作，但兩個小孩卻也同時靜止了，大大的眼睛眨也不眨，表情凝結在臉上，這時的她們看起來就像一對娃娃，可愛迷人卻沒有生命。

一陣靜止後，她們兩人微微偏了偏頭，兩人的動作一致到彷彿是拷貝的畫面，似乎在看著姜子牙，但眼裡卻又缺乏焦距，就好像是兩個沒有生命的東西在盯著他瞧。

一股寒氣猛地從背脊竄起來，姜子牙差點就要從椅子上跳起來，但這時大家又像沒事般繼續動作，姜玉甚至還瞪了他一眼，沒好氣的說：「別開玩笑了，你平常不是很喜歡揉小雪的臉頰嗎？現在居然還說她是別人家的小孩，小心她哭給你看喔！」

——什麼小雪？

他明明就是很喜歡揉另外一個正常的臺灣小孩，黑色頭髮黑色眼睛的那個！她的名字也不叫做小雪，明明就叫做江姜。

剛取名的時候，這兩夫妻還不知道多高興，說什麼這有兩邊的姓氏，念起來又是重音很可愛什麼的！

根本沒有小雪！

但是剛剛兩個小孩的動作完全一樣，似乎不只小雪有問題，江姜似乎也不太對勁

——不可能啊！他明明記得江姜，她出生的樣子，她一點一滴地長大……

這時，白髮藍眼的小雪睜著一雙大眼，不解地看著他，出聲喊：「牙牙哥哥，怎麼了嗎？」

實在有夠可愛啊！大眼睛、粉嫩嫩的臉頰和微微嘟起的小嘴，同樣是三歲娃，但她硬是比旁邊的江姜可愛一倍！

但是，姜子牙卻一點都不想揉她的頭或者捏她的臉頰，因為她太漂亮了，看起來就像是海報上的模範寶寶——不，模範寶寶也沒這麼可愛，其實更像是一尊漂亮的洋娃娃，讓人感覺不能輕易碰觸，怕會毀壞她的完美，她該擺在櫥窗裡頭展示才對！

遲疑了一下，姜子牙還是閉起右眼，單單使用左眼瞄了小雪一眼。

從小，他就知道自己的左眼有點怪……別誤會，不是陰陽眼，雖然他也懷疑過自己的左眼是不是俗稱的陰陽眼，不過事情似乎不是那樣，他的左眼確實看得見某些東西，但常常不是鬼——大部分不是。

父親以及姜玉都帶他去看過醫生，醫生說他有幻視，然後問了他從小到大有沒有受過精神上的創傷，但他從來沒有過什麼創傷，除了老爸把他取名叫做姜子牙，讓他從小被人叫姜太公叫到大。

當時，醫生斬釘截鐵地說這個就是病因，幻視的起因就是這個精神創傷——但他那時只想把醫生打到有心理創傷！

單單瞄了小雪一眼，感覺她有種說不出的不對勁，但這一眼卻又不足以讓姜子牙看出什麼異狀，於是他只好撥了撥頭髮遮住右眼，這才把右眼一直閉著，免得自己睜一隻眼閉一隻眼的模樣太奇怪，會引起姜玉和江其兵的注意。

透過左眼，小雪的臉仍舊可愛得不得了，大得嚇人的水靈雙眼，長長的睫毛，深刻的雙眼皮，嘴巴是粉嫩的櫻桃色，非常的小，簡直是真正的櫻桃小嘴——那不是一張真人的臉。

小雪是一個娃娃！

姜子牙沒傻到跳起來大喊，從小到大不知道因為那種舉動被同學當神經病幾次了，這個時候最好的作法是停、不看、不聽。

但這次真的有點不一樣，這是他家！他總不能裝聾作啞，看著一個娃娃從此變成自己的外甥女吧？

「小雪，吃飽飯後，哥哥帶妳去公園好不好？」可惡！他怎麼覺得自己好像拐帶小孩的怪叔叔？

江姜立刻發出嚴正的抗議：「不公平，江姜也要去！」

姜子牙立刻就屈服了，帶過小孩的都知道，孩子最計較了，一個孩子有另一個卻沒有的話，另一個肯定會吵翻天！也最好別花時間去勸小孩，因為三歲小孩絕對不會跟你講道理！

他連忙說：「好好！妳也去。」

江其兵感到有些奇怪，問：「天色都黑了，去公園不會太晚了一點嗎？」

姜子牙只能硬著頭皮說謊：「聽說那邊有小型的夜市。」他靠在姐夫耳邊小聲說：「我帶她們出去玩，姐夫你正好可以跟姐出去看場電影。」

江其兵的眼神一動，快速的低聲說：「謝啦！」

姜子牙只是笑了笑，沒敢像以前一樣說「你欠我一次」或者是趁機說「下次幫我寫報告」之類的，畢竟他心懷鬼胎，根本不是真的要幫忙帶小孩。

「兩個男人在說什麼悄悄話？」姜玉故作不滿的說：「女孩子不可以聽嗎？」說話的同時還故意拉上兩個小女娃，三個人大眼汪汪地看著姜子牙和江其兵。

實在有夠可愛……但姜子牙剛剛認出小雪是娃娃，他眼裡的小雪雖然大部分時間是正常，但卻常常不小心露出娃娃的球形關節，如果是從左邊的角度看去，甚至會看見一個完整的洋娃娃——卻在動！

小小的手指抓著叉子，不該張開的櫻桃嘴巴一張一閉，大得不是正常人類比例的雙眼眨個不停，他開始懷疑自己等等真的有種一個人把她……不，是把它帶出去嗎？

雖然從小到大就看過許多莫名奇妙的東西，不過要跟一個突然冒出來的洋娃娃手牽手出門，他仍是打從心底發毛，還一路毛到頭頂去了。

很不幸的，他沒有反悔的餘地，吃飽飯後，那兩夫妻就手牽著手看電影去了，甜蜜到讓他有種想揍親生姐姐和她老公的衝動。

兩個人在那裡放閃光，甜蜜到一個不行，然後留隻鬼娃娃給他，這樣對嗎？這樣是對的嗎？

不管對不對，總之那對閃光夫妻吃完晚飯就迫不及待地出門去了。

「走吧。」姜子牙硬著頭皮說。

其實他也迫不及待想帶兩個小孩出門，自己單獨和一尊會走路會說話的娃娃待在一個房間裡實在太可怕了！他幾乎不敢看小雪，如果不是江姜在，他早就奪門而出了！

總之趕快出去吧！看看時間，垃圾車應該快來了吧？

走出大門時，還記得要鎖好門，姜子牙對於自己能夠鎮定到哪個地步又有了新的認識。這不是個好消息，真的。

「走吧！下樓了。」姜子牙頭也不回的說，然後就要走下階梯。

「你要帶我去哪裡？」

姜子牙一下子立正站好了，剛才小雪的聲音實在不像是一個小孩子的語氣，更重要的是，樓梯間的燈突然熄了，只看得見上半層樓梯，更下面的地方卻漆黑到不像是有任何階梯，彷彿是一個黑洞，掉下去很可能要尖叫三分鐘才會掉到底。

姜子牙看著黑洞沉默老半天，最後承認他真的沒有勇氣下去。

突然，他的海灘褲褲角被人抓住了，嚇得他差點摔下樓梯，反射性轉頭一看，兩個小女孩正一人抓著一邊褲角。

小雪如今完全是一個娃娃的模樣，但她仍舊和江姜手牽著手，已經不像是一對姐妹花了，反而像是一個小女孩帶著她的洋娃娃。

但那尊娃娃的神情卻比小女孩還要生動，她的眼睛眨著眨著，塑膠做的眼珠靈動地轉動，而旁邊本該是活生生的小女孩卻如娃娃一般面無表情，但不管是面無表情的小女孩，還是表情生動的娃娃——都他媽的一樣恐怖！

姜子牙完全僵住了，要他下去做不到，要他回去一個人待在家也一樣恐怖，進退兩難的時候，隔壁的門突然打開來，他有一種得救的感覺，連忙扭頭看去。

隔壁的奇怪女人雖然也怪，不過絕對比活生生的洋娃娃好上一百倍！

但出來的人卻不是個女人，而是一個帥到活像從雜誌封面走下來的男人，他的服飾也像是雜誌上的衣服，白襯衫黑背心還打著紅領結，但是他的手上卻不搭嘎的提著兩個垃圾袋。

姜子牙不知自己發了什麼瘋，反射性就遮住右眼，單單使用左眼來看。

一個跟垃圾袋一樣高的男娃娃抓著兩個垃圾袋……有點可笑，但可笑完卻是一陣心頭發慌，慌到呼吸困難，慌到頭皮整個發麻。

是他瘋了嗎？難道這個世界其實早就開始用娃娃來代替人類了？

姜子牙放下手，努力只用右眼來看那個男人，問：「隔壁的女、女人在嗎？」

男人露出十分溫和的微笑，笑著說：「主人嗎？是的，她在……」他突然輕呼了一聲，因為樓下傳來熟悉的音樂，他抱歉地笑笑說：「垃圾車來了，抱歉，我得先去倒個垃圾。」

說完，男人立刻急沖沖地衝下樓去了，姜子牙也不敢攔下他，雖然很想開口請他幫個忙，順便把小雪娃娃拿去丟吧！但對方也是娃娃，他真的不敢開口！

深呼吸好幾口氣，姜子牙轉頭看著小雪和江姜，小雪的娃娃模樣又不見了，兩個小女孩手牽著手，一起抬頭看著姜子牙，看起來就像是感情超好的姐妹花。

「……」

姜子牙一咬牙，扯回自己的褲腳，推開小雪，一把抱起江姜後，踹開隔壁的大門，衝進去後還把門用力關起來，然後用背抵住大門，希望他想像中的娃娃撞門場景不會真的出現！

緊張之下，他喘著粗氣，卻看見一個女人正坐在客廳，身上穿著寬大的背心和短褲，戴著黑框眼鏡，手上拿著一杯咖啡，還有一本不知道什麼東西的型錄，然後抬頭看著突然闖入的人發愣。

姜子牙快速遮住右眼，用左眼看了一下……感謝上天！她是個人類！

「你是隔壁的？」女人顯然認出了姜子牙，雖然沒啥交集，不過好歹住在隔壁，還是常常見到面，絕大部分是倒垃圾的時候見的面。

「我、我……總之借躲一下啦！」

女人歪了一下頭看江姜，放下手上的咖啡杯，然後拿起一旁茶几上的匕首，這才說：「不是我要說，但是你看起來真的很像誘拐小朋友的怪叔叔，我可以報警嗎？」

哪來的匕首？

姜子牙這才看清楚原來那本型錄竟然是武器型錄，上面畫著一堆手槍，這個家……幹！

牆壁上掛著兩把交叉的彎刀，電視櫃上方有日本刀，她身旁的茶几上不但有匕首，甚至還有一把槍，他根本分不出來那是真槍還是假槍，看起來蠻真實的就是了。

這個女人是誰？恐怖份子嗎？出去跟外頭的小雪娃娃待一起會不會反而比較安全

呀？

這時，女人拿起電話，貌似真的要報警了。

「不要報警啦！」姜子牙連忙說：「我才沒有誘拐她！她是我姐的小孩啦！就跟我一起住在隔壁啊！」說到這，他突然想起重要的事，連忙問：「對、對了，妳記得我家有幾個小孩嗎？」

女人卻搖頭說：「小孩？不知道。」

姜子牙的臉垮了，這時，他懷中的江姜扭了扭，說：「牙牙哥哥，小雪在外面，她說她也要進來，哥哥，讓小雪進來嘛！讓小雪進來！」

說話的同時，她的臉上還帶著完美的可愛笑容……這笑容讓姜子牙覺得她像娃娃多過像人，感覺實在很奇怪，他忍不住把江姜放到地上去。

這時，那女人突然冷冷的說：「我沒讓妳進來，滾出去！」

姜子牙愣了下，但江姜卻突然發出震天的尖叫，震得他耳朵發痛，腦袋一片空白，只能捂著耳朵撐過這一段頭痛欲裂，好不容易尖叫聲消失了，他抬眼一看……

江姜不見了！

「江姜呢？」姜子牙完全搞不懂到底發生什麼事了，但江姜是他姐的女兒！他低吼：「妳把江姜怎麼了？快把她還給我！」

沒想到女人比他更加怒氣沖沖，大喊：「你抱著那種東西闖進我家，我都還沒跟你算帳，你倒是先跟我要東西了？」

「那、那種東西？」姜子牙真的慌了，連忙說：「她是、她是我姐的小孩，那種東西在外頭，小雪才是娃娃……」

女人偏了偏頭，說：「你姐是隔壁的家庭主婦吧？我倒垃圾的時候遇過她，她說過自己有一個雙胞胎弟弟，如果看見一個男孩的左眼角膜有一塊是藍色的，那就是你了。」

姜子牙點了點頭，他的左眼不止容易看見怪怪的東西，外表也怪怪的，黑眼珠的左上方有一小塊變色，是藍色的。

「她還說過她很早就結婚了，對象是高中老師，當時事情鬧得很大，她老公還因此丟掉教職，她在高中畢業以後就嫁給他了。你姐真的是很愛說話，不是我要說，只是每天等垃圾車的短短時間，我就快要了解她祖宗八代了！」

呃……他姐的確很愛聊天。姜子牙點了點頭。

女人歪了歪頭，似笑非笑的說：「可是，我不記得你家有小孩耶？」

姜子牙愣住了。

「小孩子應該很吵吧？」女人若有所思的說：「可是我沒有聽過你家有小孩的聲

音，倒是聽她說過自己很喜歡小孩，不過被檢查出來子宮很脆弱，很難保住孩子，曾經流產一次，有在考慮要去領養了，不過我想孤兒院應該領養不到剛剛那種東西吧？」

這時，大門開了，這讓姜子牙嚇到跳起來，以為小雪真的撞門進來了，但沒想到卻看見剛才的男人……也是一個娃娃的那個男人！

他瞪大眼，雖想逃跑，不過那男人正好擋住唯一的出入口，往裡面逃的意義好像也不大？

「他他他……他到底是什麼東西呀！」

女人愣了下，她觀察著姜子牙的神色，若有所思的說：「你真的看得出來啊？怎麼會呢？我以為管家的偽裝很完美。」

姜子牙愣了下，這時那名管家走上前兩步，嚇得他連忙衝到女人的背後，尖叫：「你別過來！」

女人嘆了口氣，帶著無奈的語氣說：「你坐下吧，要茶還是咖啡？我讓管家離開客廳去準備飲料，可以了吧！」

「……可樂。」

「沒有！」

管家一走開，女人就坐下來，還毫無顧忌的把兩條腿都伸到沙發上，一副面前沒有別人的樣子，然後自我介紹說：「我是御書，是一個小說家。」

「御書？聽都沒聽過。」

「……門口在你後方左轉。」

姜子牙連忙改口：「有有！好像有在書局瞄見過，妳寫得是那個、那個……哈利波特嘛！」

御書惱怒的低吼：「那是JK羅琳寫的啦！如果那是我寫的，你以為我還會住在你家對面嗎？起碼都住到帝寶去了啦！好了，別說我了，說一下你的名字，不然一直『你你你』的很麻煩！」

姜子牙點頭，然後脫口：「我叫做姜子牙。」

「……門口在你後方左轉。」

看著御書用彷彿看瘋子的眼神看著自己，姜子牙完全無言以對。

更可恨的是他還不得不承認如果有人自我介紹說自己叫做孫悟空，他也會跟對方說門口在後方左轉，而姜子牙比孫悟空也好不到哪裡去。

這個時候最簡單明瞭的解決辦法就是——遞上自己的身分證。

御書接過身分證一看，姓名欄果然寫著「姜子牙」三個字。

她搔搔臉把身分證還給人家，說：「原來你還真的叫做姜子牙啊……世界真是無奇不有，不好意思啦！」

姜子牙面無表情的點點頭，收回自己的身分證。

「那……姜太公，你來我家幹嘛？」

「老梗！」姜子牙立刻低吼：「我就知道妳要這麼叫我，我從小到大都被人叫做姜太公！哼，妳還是不是作家啊？居然這麼沒創意，這麼老的梗也敢拿出來用！」

「我就是老梗啦！怎樣？」御書卻一點也不在意的說：「我還開了梗的養老院咧！不行啊？姜太公～～有種咬我啊！」

姜子牙恨得真有點牙癢癢，但也不能真的上前咬人啊！尤其對方還有一個不知是人是鬼是娃的管家耶！

但是御書一直笑個不停，讓他實在很不爽……

「嘲笑別人的名字是不對的！妳爸媽沒教妳嗎？不要以為妳有個正常的名字就可以歧視別人的名字！」

「我可沒有歧視別人，只是歧視你而已！」

「妳……」

這時，管家帶著飲料出來了。

他溫柔地對姜子牙笑著說：「家裡沒有可樂，但是我用紅茶加上牛奶和冰塊，泡成奶茶，不知道可不可以呢？」

聞言，姜子牙真有點感動，連忙接過奶茶後說謝謝，喝下一口奶茶，他的雙眼立刻瞪大兩倍，又濃又香又醇……這奶茶真的好喝到沒話說啊！比起外面飲料攤的不知道好喝了多少倍！

他忍不住一口氣全都喝光光。

「要再來一杯嗎？」管家帶著溫柔的微笑詢問。

姜子牙猛力點頭。

管家給他倒上奶茶時，他也偷偷觀察對方。

雖然這管家的真面目是個娃娃，不過其實他看起來一點也不恐怖，長相帥得沒話說，而且十分溫柔，總是帶著微笑，重要的是他還泡得一手好奶茶！

「幹什麼一直盯著我家管家看？」御書冷冷的說：「就算你愛上他了，我也不會把他讓給你，作夢去吧！」

姜子牙立刻回頭低吼：「誰愛上他啦！他如果是女的，我還會考慮一下！」

「不覺得他恐怖了？」御書喝著自己的咖啡，好整以暇的說：「你的接受力還真挺高的。」

姜子牙咕噥：「從小到大都看見一堆莫名奇妙的東西，不高也不行吧？」

御書點頭說：「這就是習慣成自然。」

「沒時間喝奶茶了！」姜子牙再次喝完手上的奶茶，猛然想起自己可不是來喝茶的，猛然跳起來低吼：「我家江姜……」

「你家沒有江姜。」

「胡說八道！」姜子牙立刻低吼：「我還記得江姜出生的樣子，怎麼可能沒有江姜，妳不要胡說八道，快點把她還給我！」

面對暴怒的姜子牙，御書仍舊一副懶洋洋的樣子，甚至還伸個懶腰，這才問：「那你記得你是在什麼情況下，收到你姐要生孩子的消息嗎？」

姜子牙一愣，努力思索之下，卻發現自己還真的不記得了。

江姜是三歲，如果是三年前，自己還在唸高中，但他好像沒印象自己有在上課中離校，或者是下課後直奔醫院，難道是假日？那他應該就會跟著去醫院了吧，但也沒有這個記憶……

「人的記憶是很微妙的東西，其實根本不記得很多事情的細節了，但卻會自然而然的替換上『應該就是這樣的場景』，然後就當成真的是那麼回事了。」

「人的記憶說有多不可靠就有多不可靠！」

御書「哼哼」兩聲，說：「你記得的事情應該是姐姐躺在病床上，然後護士帶來皺巴巴的新生兒，你小心翼翼的接過來抱……類似這樣的場景吧？這和電視劇中新生兒出生的情況有什麼兩樣？」

聽起來還真沒什麼兩樣。姜子牙皺著眉頭，可卻又不覺得那記憶是假的，明明就真的有啊！

御書懶洋洋的說：「看來你雖然有看穿真實的眼睛，但是卻有著很一般的腦袋。」

什麼意思啊！姜子牙沒好氣的說：「妳是說我笨嗎？」

「不是，一般的腦袋就是一般人的腦袋，不要自己亂誤解我的意思！」御書罵完後繼續解釋：「因為你有真實之眼，但只有普通腦袋，所以你沒有懷疑已經成真的江姜，但還是娃娃化身的小雪卻瞞不過你的眼睛。」

「成真？」姜子牙呆愣的問。

「喚名一次成幻，喚名兩次成虛，喚名三次終成真。」

姜子牙轉頭看著管家，後者仍舊帶著微笑，但剛剛唸出的話卻讓他滿頭霧水，不懂那到底是什麼意思。

管家微笑說：「我就是被主人喚名一次的『幻』，麻煩請注意看我一下。」

聞言，姜子牙立刻瞪大眼睛看。

管家以一種非常奇怪的移動方式緩緩朝旁邊「飄動」，在他原本站立的地方出現一尊約七十公分高的男娃娃，模樣與穿著和管家幾乎一樣，管家則站在娃娃的身旁，看起來和剛才沒有兩樣……除了他的大腿以下都沒有東西。

姜子牙的眼睛瞪得比剛才還大了。

管家細心的解釋：「我寄居在娃娃身上，可以在短時間內讓自己看起來像是個人類，這才能幫主人去倒垃圾。」

「原來你是……鬼嗎？」姜子牙有點釋懷了——不對！鬼也沒比娃娃好到哪去！

「不是啦！」御書沒好氣的說：「簡單來說，他是我幻想出來的人，這樣懂了吧？你家江姜肯定也是某人幻想出來的產物！」

幻想出來的東西怎麼可能真的會出現……姜子牙感覺腦中一片亂七八糟，只有繼續問：「那小雪呢？」

御書若有所思的說：「小雪就有點怪了，你記不記得任何有關娃娃的記憶？」

姜子牙沒好氣的說：「我哪知道啊……等等！」

他一愣，猛然想起他姐姜玉好像真的有一尊娃娃，好像是、是以前父親買給她的生日禮物！

那尊娃娃的模樣是……白髮藍眼的小女孩！

姜子牙尖叫：「所以小雪真的是鬼娃娃？」

「不是啦！」御書有點惱怒的吼：「就跟你說和鬼沒有關係，我家管家可不是哪個人翹掉後才出現的鬼！算了，懶得跟你解釋，你的腦袋真的是太一般了，比起眼睛可差多了。」

現在這個「一般」肯定是罵他笨的意思！姜子牙忿忿不平。

「那妳到底要不要將江姜還來？」他高喊：「江姜不見了，我怎麼跟我姐和姐夫交代啦！」

「奇怪了，你家江姜難道還會自己走掉嗎？」御書好笑的說：「恐怕你要她走還很難喔！」

聞言，姜子牙感覺有點不妙了，如果江姜的確不是真正的小女孩，那她一直留在家裡恐怕也不是好事。

想到這，他低下頭，努力低聲下氣的懇求：「至少讓我們想起家裡根本沒有這兩個女孩。拜託了，看在好歹是、是鄰居的分上，妳也不想隔壁住著兩個鬼娃娃吧？」

「……你是不是忘了我家也有一個『鬼管家』？」

對喔！姜子牙這才又想起來御書家裡都住了個鬼管家，還會幫忙泡茶和倒垃圾咧！隔壁住兩個鬼娃娃又怎樣？

觀察姜子牙又急又不知所措的表情好一會兒，直到確定要把這個表情描述進哪一本小說以後，御書這才開口說：「你家肯定有誰的『喚名能力』很強，尤其你擁有『真實之眼』這種能力，其他人出現奇怪能力的可能性也很高，通常這些能力都是家族遺傳。」

「真實之眼到底是什麼？」

姜子牙從來沒遇見可以和自己討論的人，就算是其他據說有陰陽眼的同學也仍舊不行，因為他的眼睛既像是陰陽眼又不像是陰陽眼。

雖然偶爾也會看見像是鬼之類的東西，但大多數時間都不是看見那一類東西，就算找到號稱有陰陽眼的人，但就連對方都會把他當神經病！

「真實之眼就是、就是……這可真難解釋，唉，反正就是能看見真實的眼睛嘛！」御書有點惱怒的解釋完，又好奇的問：「話說回來，你曾經看見過什麼東西？」

「像是、像是會開口唱流行歌的小鳥、黏液怪史萊姆或者是半透明的天使在天上飛，我知道這些東西真的很神經病，可能是幻視，醫生說我有精神創傷才會看見這些東西……」

姜子牙硬著頭皮說完後，就絕望地等著御書哈哈大笑，或者是用看神經病的眼神看他。

就他想來，哈哈大笑的機率應該比較高。

畢竟這女人在家養了個鬼管家，沒有資格說別人是神經病吧！

沒想到，御書卻是一個揚眉，隨後問了一句風馬牛不相干的話：「你有跟別人說過真實之眼的事情嗎？」

姜子牙愣了一下，說：「我又不知道這叫真實之眼，不過關於眼睛的事情，國小的時候曾經提過幾次，但被老師和同學罵我胡說八道，又被帶去看眼科和精神科，後來就再也不敢說了。」

「很好。」御書一個點頭，出言警告：「如果你想繼續過著正常人的生活，最好永遠都不要承認自己有真實之眼，更不要說你的眼睛看得見什麼東西，懂嗎？」

姜子牙一愣，點了點頭，事實上，他現在就是這麼做的啊！

「好啦！反正真實之眼也不會怎樣，回到你家的小女孩來！總之，你家一定有人有高強的喚名能力，要讓幻想成『真』，那可不是隨隨便便就能成功，能喚名成幻的人不少，但要喚名成虛就很難了，更何況是成真！實在太猛了！」

姜子牙愣了下，連忙問：「成、成真會怎麼樣嗎？」

御書朝他投去一個複雜的眼神，說：「如果成真的東西是一個普通小女孩，那大概還不會怎麼樣……應該吧！」

應該吧？姜子牙完全不敢相信不會怎麼樣，御書的表情分明就是事情大條了的意思啊！

「根據出現的東西是『女兒』，再加上這種能力很多來自遺傳，所以我看有喚名能力的人多半是你姐，母親的喚名能力通常比一般人還強，尤其當事情牽扯到兒女的時候。」

聞言，姜子牙愣了一愣，他從沒想過自家姐姐也有奇怪的能力。

「小雪的事情還好解決，把娃娃毀掉就行了，江姜的話，那就真的沒有辦法解決，她已經成真了，除非你想殺人或者惡意遺棄小女孩。」

姜子牙大驚：「那要怎麼辦？」

「不怎麼辦啊！」御書聳肩說：「反正只要你們相信江姜是真的，她就是真的，別去懷疑她，就不會發生任何事情。」

「如果懷疑了呢？」

御書斜眼看著他，拍拍他的肩膀說：「盡全力去阻止你姐和你姐夫起疑心吧！」

這是什麼意思？

姜子牙瞪大了眼，但這時突然響起門鈴聲！

他嚇得轉頭看著大門，就怕按門鈴的人是那小雪娃娃。

管家看了御書一眼，等後者點了點頭，便面帶微笑去開了門。

門口傳來熟悉的嗓音：「小書……咦？你是誰？小書啊！這是妳男朋友嗎？」

探頭進來的人是姜玉，她興奮得不得了，但一看見她，御書的臉一下子就垮下去，她隨口承認：「嗯，對呀，男朋友兼免錢的管家。」

「哎呀！妳男朋友好帥喔！」姜玉握住管家的手，熱情的自我介紹起來：「你好你好，我是姜玉，就住在對門而已。」

男朋友？

姜子牙用萬分懷疑的眼神看著御書，誰家男朋友會穿襯衫小背心西裝褲還打著紅色領結來找女朋友啊？又不是來求婚的！

御書狠狠瞪了他一眼，要他閉嘴的意味濃厚。

姜玉開心的笑著說：「很高興小書終於交了男朋友呢！我本來還很擔心她一直都不出門，這可怎麼辦唷！沒想到悄悄地就交到這麼帥的男朋友了！不知道先生你怎麼稱呼？」

管家仍舊掛著笑容，但卻沒有回答，御書搶過話來就說：「他就叫做管家！」

「呃？」姜玉錯愕了，反問：「管家？就是那個電視劇裡面，有錢人家裡會出現的管家？」

「對！就是管家！他就姓管名家。」御書認真無比的點頭了。

……妳好歹也認真取個名字！

姜子牙替這個被取名為管家的管家感到萬分的悲哀。

這名字好像比他的姜子牙還慘一點。

聽完解釋，姜玉也不覺得太奇怪了，因為她家女兒還叫做江姜呢！

「好特殊的名字，管家先生你好你好！」

管家帶著溫和的微笑說：「初次見面，妳好，歡迎進來坐坐。」

聞言，姜玉笑得更開心，連忙說：「不打擾你和小書了，我是來找我家那臭小子的。」

話一說完，她就轉頭看著姜子牙，表情從開心變成險些要噴火出來了。

她大吼：「你果然在這裡！你居然拋下江姜和小雪不管！她們的年紀還那麼小，出事了怎麼辦？我告訴你，你姐夫也生氣了，他這次可不會幫你！」

面對像是要吃人的姐姐，姜子牙也只能低頭認錯，畢竟對他姐來說，小雪和江姜可不是什麼喚名成真還是娃娃的東西，而是一雙寶貝女兒！

「還不跟我回家去！不要在這裡當電燈泡！」

聞言，姜子牙也只好站起身來，跟著姐姐回家去，臨走之前，還趁著姐姐轉身看不見他的時候，轉頭用求救的眼神看著御書。

御書卻只是用無聲的嘴型說：「燒了娃娃。」

妳說的倒是簡單呀！

姜子牙欲哭無淚，但也只有跟姐姐回家……回到那個有兩名小女孩的家。

節之三・雙胞胎

姜玉和姜子牙一回到家，兩個氣呼呼的小女孩和一個雙手環胸的父親就站在客廳，三個人都是一副要興師問罪的樣子。

「哥哥是大壞蛋！」小雪嘟著嘴巴大喊，首先發難了。

「是壞蛋！」江姜也跟著喊。

「是舅舅，不是哥哥。」

江其兵出言更正，但無奈兩名小女孩就是認定姜子牙是哥哥，從小就哥哥、哥哥的叫，加上姜子牙自己也愛被叫哥哥，總是自稱哥哥，導致兩個小女孩根本改不掉。

面對興師問罪的三人……喔，不對，還要再加上背後的姐姐，是四個人，姜子牙只有硬著頭皮道歉：「對、對不起啦，我不是故意的。」

「真是的，到底是怎麼啦？」江其兵性情溫和，加上兩個女兒也只是乖乖待在家，沒出什麼亂子，所以他也沒辦法氣多久，只是不解的問：「你以前不會這樣的，不是很疼江姜和小雪嗎？」

「姐夫，你想一想啊！這一個呢，叫做江姜，另一個卻是……小雪？你不覺得名字怪怪嗎？」

姜子牙試圖喚醒姐夫，雖然根據御書的說法，江姜也有問題，不過不管怎樣，江姜好歹還像個人，小雪卻是個娃娃，所以他還是比較想解決小雪而不是江姜。

江其兵愣了一下，抓著腦袋說：「你在說什麼呀？你忘記小雪叫做江雪了嗎？只是江姜和小雪念起來比較順，所以我們都這樣叫而已。」

原來是這樣呀……不對！自己在恍然大悟什麼！根本就沒這回事才對！姜子牙往自己的腦袋敲了一記。

姜玉心疼的上前摸了摸弟弟的頭，責備的說：「做什麼敲這麼大力？子牙，你真的怪怪的，是生病了嗎？」

姜子牙只好順著這個臺階下，含糊地說：「大概吧，今天頭有點痛。」其實是今天頭有點大。

姜玉摸上他的額頭，確定應該沒發燒後，叮嚀：「那就早點去休息吧！」

姜子牙乖乖「喔」了一聲，剛答應完，褲角就被人拉了拉，他低頭一看，小雪正站在他的腳邊。

「哥哥洗澡！」小雪直喊，一喊完，江姜也跟著撲上來了，她可不想被拋下。

姜玉斥責兩個小女娃：「別鬧了，哥哥頭痛呢！」

是舅舅啦！一旁，江其兵無奈的搖搖頭，連老婆都亂叫了，難怪孩子們也哥哥、哥哥的叫不停……算了算了，就當作多了個兒子吧！他坐到沙發上，打開筆記型電腦，繼續自己未完的工作。

姜子牙低頭看著小雪，她的小臉蛋雪白柔嫩，可愛到根本不像人類，身體應該也是這麼完美無缺吧？

想到這，他的頭皮就一陣發麻，正想一口拒絕，小雪卻抓住他的褲角，一雙大眼直盯著他，彷彿有什麼話要說。

這就叫做「會說話的大眼睛」嗎？姜子牙有點無言。別人是用來形容美女，他卻只能形容鬼娃娃，這處境差得也太遠了一點吧！

「好了！現在就放開哥哥！」母親下了最後通牒。

姜子牙深呼吸一口氣，說：「沒關係啦！反正我也要洗澡，順便一起洗好了。」

「可以嗎？你不是頭痛嗎？」姜玉有點擔心。

「那是剛剛，現在好多了啦！」姜子牙隨口搪塞：「就當作我把她們放在家裡的賠罪了，不然兩個小傢伙不知道怎樣才肯原諒我。」

姜玉觀察了下姜子牙的臉色，確定對方的臉色正常，沒有強忍病痛的意思，這才點頭答應。

帶著兩個小女娃進浴室，姜子牙已經不像之前那麼害怕了，畢竟江其兵和姜玉就在外面，而且真要出了事，頂多拉著姐姐和姐夫衝去對面的御書家就是了！

同為娃娃，身為大人的管家應該不會打不贏一個小女孩吧？

話說回來，期待著對門的大娃娃打贏家裡的小娃娃，自己到底是該慶幸對門也有個大娃娃，還是要哭家裡家外到處都是娃娃？姜子牙有點欲哭無淚的想。

關上浴室門，他低頭看著兩個女娃娃，兩個女娃娃也抬頭看著他，三人六隻眼互瞪，他遲疑了一下，開始幫兩個女娃脫衣服，當然從江姜先來，然後才頭皮發麻的幫小雪也脫衣服。

幸好，不特別用左眼去看的話，小雪的身體看起來還算正常，就是一個白白嫩嫩的小女孩，還可愛得要命！

姜子牙鬆了口氣，就如同平常給江姜洗澡的程序，自己也脫掉衣服，開始放水進浴缸，然後拿起洗髮精要幫兩個小女孩洗頭——能夠鎮定成這樣，真的不是一件好事。

「坐到小椅子上，我給妳們洗頭。」

姜子牙一邊給兩個小女孩抹洗髮精，一邊悲哀自己突飛猛進的鎮定程度。

揉著兩個小女孩的頭髮，雖然小雪的頭髮顏色是奇怪了一點，不過揉起來細細軟軟，倒是和江姜的頭髮沒什麼兩樣，姜子牙也越來越放鬆了。

說到底，小雪就是個小女孩的模樣，也沒突然就一張嘴裂到耳朵去，或者伸出殺人長指甲之類的東西，所以他也越來越不怕對方了。

「哥哥……小雪不會害爸爸媽媽，也不會害哥哥。」

前方傳來細細的女孩童音，還帶著怯生生的語氣，姜子牙沉默了一會兒，感覺有點不妙，他的害怕情緒早就被剛才的一番折騰磨去大半，現在又聽見小雪可憐兮兮的語氣，心中不免就同情心氾濫……

真想甩自己一巴掌！姜子牙暗嘆口氣，說：「那江姜呢？妳可以跟我保證也不會害她，不會想要取代她嗎？」

小雪轉過頭來，劈頭就罵：「哥哥是笨蛋！」

「是笨蛋！」江姜嘻嘻笑了，帶著一點奸詐的表情，但因為是小女孩，所以仍舊可愛不得了。

江姜的表情好像生動了許多？姜子牙有點驚奇，但也更放心了，甚至故意揉著小女孩滿是泡泡的頭，和她們玩了起來，直喊：「我哪裡笨啦？居然敢說哥哥笨，妳們覺悟吧～～」

江姜笑嘻嘻的說：「江姜比小雪厲害喔！所以小雪害不了江姜！」

——幹！御書是對的，江姜也不對勁。

姜子牙有點無奈，但手下還是忙著給兩個女孩沖洗頭上的泡泡，然後抹肥皂、沖澡……

「小雪，妳的樣子太奇怪了，能不能改變一下？」

三人泡在浴缸裡的時候，姜子牙終於承認自己沒法對一個小女孩做一些「把對方塞進垃圾車丟掉」之類的事情，只得開始接納對方是家中的一份子，就當作養了一隻寵物吧！

小雪不太明白的問：「哪裡奇怪了？」

哪裡都奇怪！姜子牙抓起一把白髮：「像是頭髮顏色啊，臺灣哪有小女孩是白髮的啦！妳看江姜，她也是黑髮的呀！」

小雪聽得似懂非懂，點頭說：「只要是黑色就可以嗎？」說完，她的白髮竟真的變成黑色。

姜子牙眼睛一亮，小雪這樣看起來果真正常多了，立刻又提出建議：「眼睛小一點，嘴巴再大一點點，膚色不要那麼白，稍微黃一點，不是這種香蕉黃啦！妳看江姜的膚色……哎呀，不是這樣——對了，妳乾脆變得和江姜一樣好了，反正年齡相同，就當雙胞胎吧！」

一模一樣倒是簡單得多，小雪點了點頭，模樣漸漸變得和江姜相同，最後，兩個小女孩變成了一對雙胞胎。

看著小雪總算像個正常的臺灣小孩了，姜子牙鬆了口氣，不過鬆完又感覺哭笑不得，自己怎麼好像在玩遊戲時調整遊戲角色的長相呀？

幫兩個女孩擦乾和穿上衣服，姜子牙發現這兩套睡衣竟然是一模一樣的，只有顏色是一個粉紅一個粉藍。

「怎麼連衣服都有了？」他有點疑惑：「該不會也是『變出來的』吧？」

江姜搖了搖頭，說：「江姜喜歡粉紅和藍色，衣服都買兩套！」

他還真的不知道這點，現在回想起來，自己對於江姜的事情似乎不太清楚細節？姜子牙甩了甩頭，他怎麼也不想懷疑江姜，這是他姐唯一的小孩！

唯一的……他看向小雪，兩個女孩正在打打鬧鬧好不開心，現在變成「唯二」了，他頓時有點無力。

非但沒燒掉小雪，還幫她偽裝、哄她上床睡覺，御書不會掐死他吧？姜子牙躺在床上，念故事書給女娃聽的時候，突然這麼想到。

哼！養隻鬼娃娃當管家的傢伙有什麼資格掐別人！

CH.2
江姜

節之一・不能想起來的那些事

「慘啦！又遲到了！」

一聲慘叫從二樓傳來，響震雲霄，幸好這時早就九點多了，鄰居上班的上班、上課的上課，倒是沒多少人在家。

姜玉本來有點擔心吵到對門的御書，她似乎是個夜貓子，但上次倒垃圾的時候問過一次，早上的時候，御書一向睡得就算外頭在廟宇遊行，敲鑼打鼓外加放鞭炮，她都不會知道。

「子牙，早餐。」

姜玉已經十分習慣，早就把弟弟的早餐裝袋了，一聽見姜子牙乒乒乓乓下樓的時候，她就站在樓梯口，提著裝早餐的牛皮紙袋，弟弟像一陣風捲過去的時候，順手把早餐也捲走了。

姜子牙一邊套上鞋子，一邊喊「姐，早安，再見」，隨後衝出家門。

姜玉搖了搖頭，又回去照料兩個正在吃早餐的女兒。

衝出家門後，姜子牙跨上機車，雖然急得要命，不過他可不敢超速，要是收到一張超速罰單，家裡又得清粥白菜一週了，自己吃粥配白菜是小事，但他可受不了讓姐姐和姐夫一起吃。

至於兩個小女孩，就算家裡三個大人都沒飯吃，也會想盡辦法讓她們吃飽穿暖。

「塞什麼車啊！」他急得要吐血了，今天這堂課是要點名的啊！

竟然連臺機車都擠不過去，姜子牙忍不住在心裡碎碎念。搞什麼東西，臺灣的交通未免太差了，現在也不是上班尖峰時間……咦，車禍嗎？

碎碎唸頓時停下來，姜子牙想要回頭，但已經來不及了，雖然他不常看到俗稱「阿飄」的東西，但在事故現場卻是免不了的，所以他一直很努力避開事故現場或者是一些恐怖照片，還因此得了「沒種王」的稱號。

他寧願沒種，也不想看見那些東西。

但是現在前有車後有機車，進退兩難，根本沒可能避開，他只有跟著車潮緩緩前進，即使想要扭頭不看，但他總得看著前方的路，也不能阻止自己的眼尾瞄到事故現場——更何況那玩意兒大到想忽略都不可能！

看樣子是機車和汽車的事故，撞得很嚴重，滿地都是機車破片，還有好幾攤血，沒有看見傷者，應該已經被救護車載走了，但這並不妨礙他那只該死的左眼。

是個女孩，搞不好還是和姜子牙同一所大學的學生。

巨大的、黑色的死神足有兩人高，它穿著破爛的黑袍，隱隱露出骨架和腐爛的皮肉，聞之欲嘔的腐爛味，白骨眼眶裡頭還有兩顆充血的眼球！

在那東西面前跪著一個女生，對比之下，女生看起來就像是個剛出生的小羔羊，腳腕上套著滿是尖刺的鐵圈，然後被活活的拖走。

她的尖叫沒有片刻停止過，身體趴倒在地上，沿途被拖行著留下一路血痕，雙手拚命想抓住什麼，但她的周圍只有柏油路面，她只能用十根指頭抓著有些凹凸的柏油。

指甲片掉下來了，指尖皮肉也磨掉了，白色指骨刮出尖銳刺耳的聲音……

姜子牙撇過臉去，什麼詭異的東西都看過，但他最不能接受的永遠是這種東西。

深呼吸好幾口氣，他繼續跟著車潮緩慢前進，已經不在乎遲到不遲到了，至少他還活著，這就該感謝上天。

到學校的時候都下課了，如果是第一堂課點名，那就算他上了第二堂也沒用，但他沒很在意，活著就好。

「幹嘛一大早就擺副死人臉？」一個豪爽的聲音傳來。

姜子牙把背包甩到桌上，懶洋洋的坐下來，說：「點名了沒？」

「算你走運，還沒。」一路揚跟著坐下來。

兩人是從高中就認識的好友，會走在一起是因為雙方都有怪異的地方。路揚是個混血兒，一頭茶棕色的頭髮還不是問題，現在染髮的人多了，但他有一雙綠眼和深刻的五官；姜子牙則是左眼藍了一塊外加舉止詭異，所以兩人自然而然就走在一起了，打從高中開始就是如此。

姜子牙罩著路揚的功課不被當掉，練過搏擊的路揚罩著姜子牙不被人找麻煩，一直都是如此。

雖然其他同學一直都感覺很奇怪，因為路揚的外表斯斯文文，根本不像個會揍人的傢伙，姜子牙還比他高一些，而缺課天數總是瀕臨被退學的姜子牙也不像功課好的傢伙。

姜子牙打開早餐一看，總匯三明治加上牛奶，還有一顆茶葉蛋，聞起來很香，姐姐的手藝總是很好。他把早餐塞給路揚。

「怎麼啦？」路揚接過早餐，了然的問：「又看見怪東西了？」

姜子牙有點無力的點了點頭，雖然餓，但在剛剛看過那種慘況後，他實在沒把握自己不會把有肉和番茄醬的早餐吐出來。

「喏，交換！」路揚沒勸他吃，只是丟來一包洋芋片，姜子牙朝好友瞥去感激的一眼。

候。

「是那個吧？」路揚邊吃邊問：「聽說我們學校的大一女學生出了車禍。」

果然是自己學校的嗎……姜子牙的心沉了下去。

「不過傳來的消息好像說沒死喔！」

「真的假的？」姜子牙有點訝異，通常自己會看見慘成那樣的狀況都是死人的時候。

「嗯，學妹傳來的消息，似乎還昏迷不醒，可是沒死。」路揚吞下三明治，一邊操作手機一邊說：「聽說是個美女，還有經營部落格，算是個有點名氣的網路美女……看！長得還不賴吧？」

路揚把手機轉向姜子牙的臉，螢幕上是個大眼美女，隱隱還可以看見刻意擠出來的乳溝。

姜子牙瞪大了眼。

路揚認真的問：「你的表情不像看到美女，比較像看到鬼，怎麼了？教室裡出現什麼了嗎？」

「教室裡沒東西，只是在事故現場，我看見的人不是她……」

現在是什麼情況？

「嗯？」路揚看了下手機上的女生，說：「角度關係吧！現在的女生都喜歡從上往下拍，其實照片和真人差別蠻大的。」

姜子牙搖了搖頭：「完全不一樣，我看見的人是黑髮，沒化妝，她穿牛仔褲和運動鞋，你這個是棕髮，妝畫得很濃，衣服看起來也很時髦，根本是不同人。」

路揚搔了搔臉，說：「那應該是不同人，我聽說的學妹可是不化妝不出門的那一類，也許你看見的是以前的事情？」

姜子牙感覺有點奇怪，既然自己看見的是女孩正被死神拖走，正常來說應該是剛發生的事情才對，但他並不打算在這種事情上糾纏，反正自己根本不可能搞清楚，只是聳肩說：「大概吧！既然沒事就不用管了。」

這時，路揚掛上一抹詭異笑容，讓姜子牙心頭一驚，這個笑容……

「幫我寫心得作業，下午要交的。」

果然！姜子牙白了他一眼，沒好氣的說：「你昨晚又幹嘛去了？在我有生之年能不能看見你自己寫一次作業啊？」

「一定一定！你死前一定寫一次。」

「……去你的！」

趁著中午吃飯，姜子牙努力低頭寫心得作業，而對面坐的傢伙正是作業的主人，路揚正吃著一碗陽春麵，而姜子牙食慾不好，只胡亂塞一塊麵包了事。

自己在吃東西，自己的作業別人在做，即使是路揚也有點不好意思了：「晚上有沒有空？請你吃頓飯，我知道有家海鮮快炒不錯吃。」

姜子牙白了他一眼：「現在是集滿五次寫作業送一頓飯嗎？我寧願你乖乖寫作業。」

路揚聳肩說：「做不到，太忙了嘛！。」

「又是幫家裡的忙？」姜子牙試著問了一句。

「嗯啊。」

聽到這簡單的回應，姜子牙也沒再繼續問下去了，從高中開始，他就感覺得出路揚並不是很想提家裡的事情，所以他也沒多問，偶爾會問一下，試試兩人的交情是不是足夠知道了，既然不行，他也沒多糾纏。

「是不是不平衡？」路揚有些尷尬的說：「你都把眼睛的事情告訴我了，我卻——」

「沒那回事。」姜子牙打斷對方的話：「眼睛的事情是我自己想說，你肯信我就謝天謝地了。」

路揚露出感動的表情，大叫：「子牙，我好愛你啊～」
「是愛我幫你寫作業吧！」姜子牙把作業砸到對方臉上，引來一陣誇張的呼痛，但他可完全不相信。
「胡說，我對你的愛比山高比海深，尤其是期末考之前……」
「去死！」
鬧鬧騰騰一陣後，姜子牙覺得有點餓了，大手把路揚用髮蠟抓得帥氣的頭髮徹底揉成一團鳥窩後，說：「我再去買塊麵包。」
路揚哭喪著臉，但捧著人家剛寫好的作業，他也不能反抗，只是「喔」了一聲，拿出鏡子來挽救塌了半邊的頭髮。
啃著被搶剩下的難吃麵包，姜子牙邊走邊專心背著英文單字，這是他的習慣，不是他有多認真，只是為了讓自己少東張西望，看見不該看的東西，但因此走路走到撞牆的機率也大增。
不過也有好處。
他的成績總是很不錯，當然，這有另一半原因是姜子牙不容許自己有被當掉的可能性，他可不能花錢參加暑修，暑假更是打工的重要時間！
左肩突然被撞了一下，隨即而來的是一聲驚呼：「對不起、對不起！」

姜子牙反射性回答：「沒關係——」

話說到一半，姜子牙就愣住了。

對方是個女孩子，捧著可樂和大亨堡，一頭黑髮綁成馬尾，穿著簡單的T恤、牛仔褲和運動鞋，重點是她的臉和早上那個被死神拖走的女孩有八成相似……

但姜子牙不能肯定，畢竟在早上的車禍現場，那名女孩大半時間都是臉孔極度扭曲的狀態，實在不容易辨認。

女孩子十分尷尬的說：「我的可樂灑到你褲子上了。」

姜子牙看了一下，後褲袋果真濕了一小塊，他聳肩說：「牛仔褲洗洗就好了，沒關係。」

女孩仔細看著姜子牙，見他真的不在意，感激的笑了一笑。

「林芝香，快點快點，這裡有位置！」另一名女孩在不遠處桌子旁，拚命揮手。

女孩扭頭喊了「來啦」，又客氣地對姜子牙再次道歉「真的很不好意思」，然後捧著可樂和大亨堡，深怕再撞到人，小心翼翼地離開了。

看著女孩的背影，他遲疑了一下，終究還是沒有跟上去問，從小到大，他因為這隻眼睛鬧出的笑話已經太多了。

既然對方是好端端站在這裡，出車禍的學妹也沒死，大家都沒事就好，他也不需要多惹一些事情出來——家裡突然多出來的兩個女娃就夠了。

想到家裡那對小女孩，這倒是可以問問路揚！姜子牙有點好奇對方到底記得他家有幾個小女孩，自己提過家裡的情況，路揚應該記得。

迫不及待地走回桌邊，路揚正低頭看著智慧型手機。

「低頭族，小心雙下巴啊！」

姜子牙就是無法理解一直看著手機有什麼樂趣。

不過這也許是酸葡萄心理吧，他不得不承認，自己就是沒錢買這種東西，自然也不會知道樂趣在哪。

路揚抬起頭來，神色沉重的說：「學妹醒了，但聽說人好像驚嚇過度，一直在說一些瘋話。」

「你是搞情報的嗎？」姜子牙用奇怪的眼神看著自家同學：「怎麼老是第一時間就知道這些事情。」

之前聽的都是八卦，那也就算了，這次連車禍事件都能知道，讓他開始思考自己高中以來的同學，是不是隱瞞著什麼天大的秘密？

例如他家老爸是調查局的局長之類……但臺灣有調查局嗎？

「簡單啊，她是我學妹的室友嘛！」

姜子牙皺著眉頭：「你學妹的室友？上次聯誼，她室友不是都有來？我不記得有這個女的。」

「我有二十多個學妹。」

「我代表去死團再次送你一句『去死』！」

路揚抬起頭來，上下打量姜子牙，看得後者頭皮發麻，他才說：「你要是想的話，稍微打扮打扮，二十幾個學妹也不算什麼，你的臉長得不錯，身高又高，難得也不會太粗壯，現在你這種型的很吃香，去剪個頭髮，用髮蠟抓一下吧？」

「沒錢。」姜子牙乾脆地說。

路揚興致勃勃的提議：「這次你生日我送你？省得我還得想禮物。」

「免了，我對打扮沒興趣。」

「你這樣會嫁不出去的。」

「嫁不出去就嫁不……嫁你媽啦！」

路揚摸著下巴說：「我媽搞不好會很高興。」

姜子牙把裝麵包的塑膠袋塞進對方的嘴裡，坐下來後吃麵包吃到一半，想起剛才的問題，連忙說：「路揚，你記得我姐生了幾個小孩嗎？」

路揚愣了一愣，反問：「不就江姜一個嗎？又有了嗎？」

路揚知道江姜，卻不知道小雪。姜子牙不禁遲疑了。這麼看來，江姜真的有問題嗎？他仍舊不能相信這點，但江姜自己都承認她比小雪還強了。

如果他姐從來沒有生下江姜，那到底是從什麼時候開始出問題的？

「路揚，你什麼時候知道我家有江姜？」

路揚皺起眉來，感覺對方的問題有些怪異。

不過見姜子牙的神色嚴肅，他也認真回想起來：「讓我想想，你家江姜三歲，那是我們高中時期出生的，嗯，我跟你高一下學期就熟了……你家江姜的生日是幾月幾號？」

姜子牙愣了一下，腦中一片空白，然後閃過一個日期，脫口：「五月十五。」

路揚竟打開智慧型手機，低頭操作了一下，沉聲說：「竟然沒有。」

「沒有什麼？」

「我手機的萬年曆沒有紀錄，那天你根本沒有請假，那幾天也沒說過你姐生小孩了。」

路揚從高中就是重度手機使用者，而且有把事情記錄進手機的習慣，姜子牙也很清楚，不知道有多少次偷偷警告他「老師來了，快把手機收起來」這樣的事情。

「沒有、都沒有……」

姜子牙皺眉問：「到底又沒有什麼了？」
路揚皺眉說：「我手機完全沒有紀錄你跟我說『江姜』的事情。」
果然有問題！
姜子牙故作輕鬆的說：「也許是漏掉了吧，每天發生那麼多事情，你也不可能每件都寫。」
路揚一口否決：「不可能，只要是你的事情，那一定都有紀錄！」
「……你這樣講很噁心。」
路揚白了他一眼，說：「噁心什麼，我連二十幾個學妹的事情都有紀錄，你的有紀錄根本不奇怪。」
姜子牙決定以後千萬不要跟路揚說一些丟臉的事情，免得紀錄遺萬年。
路揚喃喃：「我到底是什麼時候知道江姜，怪了、真怪了……」
糟糕，讓路揚起疑了。姜子牙開始覺得有些不太妙。
路揚沉默思考了一陣子，突然開口說：「子牙，我記得你姐好像流產過？」
姜子牙震了一下。
是呀！大概一年前，剛知道懷孕的時候，大家都很高興，雖然姐姐還很年輕，但是姐夫已經有點年紀了，兩個人也都喜歡小孩，經濟稍微穩定就想生……那時還沒有江姜！

姜子牙愕然，那時是姐姐第一次懷孕，大家都很期待，所以那個時候根本就沒有江姜！

對啊！他到底在想什麼？

姐姐跟自己是雙胞胎，三年前一樣是高中生，而且還念到畢業才嫁給姐夫，根本不可能在那時候就懷了江姜，江姜果真不存──

──哥哥，不要！

「江姜？」姜子牙嚇了一跳，整個人從椅子上彈起來，四下張望，但周圍哪有江姜的身影，只有一些被他的大動作嚇到的同學正莫名其妙地看著他。

「子牙，你幹嘛？」路揚也站起來，有點擔憂對方。

姜子牙回過神來，勉強笑著說：「沒事，我以為有人叫我。好像快上課了，走吧！我再曠課，教授恐怕真要當我了。」

路揚慢條斯理的站起來：「教授才捨不得當你，你上次交的那篇英文小論文，讓他誇了足足有半堂課！」

姜子牙不置可否的說：「哪有這回事，我怎麼不知道？」

「你那天翹課去打臨時工，是我幫你交的作業，所以教授誇你半堂課後，又用另外半堂來罵你。」

「……」

路揚搖頭說：「你啊！要是被你姐和姐夫知道你翹課去打工，不生氣才怪！如果是不想跟他們拿錢，我先借你擋一下，等你暑假打了工再還我不就好了？」

姜子牙沉默不語，路揚也知道多半沒戲了，姜子牙的個性是很隨和，但是只要碰到他的原則，那就是沒得談！

要姜子牙跟他借錢，那恐怕是他家裡的人有什麼事急需用錢，他才有可能來借。

「你知道坐在那邊的女生嗎？」姜子牙選擇撇開話題不談，指向剛剛撞了他的女孩，好像叫做林芝香？

路揚一個揚眉，說：「當然不知道，你當我是什麼？隨便指一個人，我就會知道啊！」

「不知道就算了。」反正他只是想轉移話題。

「算了？不能算了！」路揚冷哼一聲，說：「放學之前就給你資料！」

姜子牙翻了個大白眼，沒好氣的說：「你到底在堅持什麼啊？我只是隨便問問而已。」

「不行！難得你居然會問起某個『女性生物』，我一定要幫你查出來！」

「什麼都查得出來，要不是你是個臺灣人，我都快以為你爸是什麼美國ＦＢＩ的特務了！」

「……你是不是忘了我爸不是臺灣人？」

「對喔，你混血兒耶！所以你爸真的是美國ＦＢＩ特務啊？」

「特務你個頭啦！」路揚白了他一眼：「我爸也不是美國人，他是英裔澳洲人！

而且住在臺灣的時間比你的年紀還長，我告訴你，他搞不好都比你更像個臺灣人！」

姜子牙隨口說：「是是，英裔澳洲臺灣人，我們該去上課了。」

路揚怒吼：「哇系正港耶臺灣郎啊！」

姜子牙不得不承認路揚的臺語講得比他好多了，雖然和混血兒的外表一點也不搭嘎，但除了外貌，路揚確實是土生土長，根本沒有任何舉止像是個外國人。

「好啦，正港臺灣人，該去上課──」

話還沒說完，不遠處突然起了一陣小騷動，姜子牙回過頭一看，發現竟是剛剛撞到他的那個女同學，她趴在桌上動也不動，她身旁的友人嚇得一直呼喊她的名字。

「芝香！妳怎麼了？怎麼突然就昏了？別嚇我啦！」她搖著林芝香，急得都快哭出來了。

姜子牙皺了下眉頭，看看周圍，雖然大家都面帶遲疑表情，卻沒有人上前幫忙，他和路揚對視了一眼，就走上前去。

「怎麼了？需要幫忙嗎？」路揚首先開了口，十分關心地兩人。

女孩慌亂地說：「芝香她、她突然就趴下去了。」

「別急，我看看。」路揚十分熟練地朝趴著的女孩脖側一摸，看起來像是在摸脈搏，讓姜子牙不禁斜眼一瞥，竟然真有點覺得朋友搞不好真和什麼調查局有關，這舉動和影集CSI犯罪實驗室簡直一模一樣……不過通常CSI摸的都是死人。

「放心吧，應該沒什麼事，可能太累了，我帶她去保健室吧！」

說完，路揚輕輕調整了女孩的姿勢一下，然後一把將她抱了起來，輕鬆得像是在抱一個枕頭，周圍的人都不敢相信地看著他。

姜子牙是唯一不驚訝的人，他從高中就看多了路揚的能耐，早就麻痺了，哪天路揚會飛再說吧！

路揚打了聲招呼：「子牙，你自己先去上課嗎？」

姜子牙想了一下後說：「我跟你去好了。」

平常他幫不上忙，真會自己去上課，免得教授不肯諒解，又記他曠課一堂，但因為這次的對象太特別，早上那恐怖的印象實在太過深刻，他沒辦法說走就走，當作完全沒那回事，就算幫不上忙，他還是打算跟過去看看情況。

路揚出力扛人，姜子牙沒事做，只好和旁邊的女同學說說話，免得她緊張到快成為第二個昏倒的人了。

「我是姜子牙，沒錯，就是釣魚的那個姜太公，妳叫什麼名字？」

李瑤笑了出來：「李瑤，瓊瑤的瑤。」說完，又補充說：「她是林芝香。你們是哪個科系的？」

「外文系的，你們呢？」

「數學。」

雙方都有點無言以對，大家都知道外文系的男人少得可憐，數學系的女生也不算太多，他們偏偏就是外文系的男生和數學系的女生。

因為彼此也不相識，自我介紹完後，雙方就無話可說了，安靜了一陣子後，李瑤小心翼翼地說：「那個……真是謝謝你們了，不然我真不知道怎麼辦，學校保健室在哪都不知道呢！」

「不用謝。」姜子牙比著前方的路揚：「要謝也要是謝他，我也沒幹嘛。」

李瑤笑嘻嘻地說：「哎呀，都謝嘛！」

姜子牙對她的印象不錯，這才真正打量起對方，剛才那個林芝香穿著襯衫牛仔褲，雖然五官清秀，但是打扮上卻扣分扣了不少，這個李瑤則好了一點，短裙加上涼鞋，應該有化著淡妝，氣色看起來不錯。

「我是路揚。」前方的路揚也禮貌地自我介紹。

「路揚？」李瑤驚呼：「該不會是外文系的混血兒系草？」

前方傳來了「咳咳」的聲音。

「他是混血兒沒錯。」姜子牙白了好友的後背一眼，吐槽道：「不過我們系上四個年級加起來的男生才四十個不到，要當外文系的系草也沒那麼難。」
「說那什麼話？」路揚頭也不回地說：「我到哪都是系草！」
「是是，你到哪都是草。」
「誰草啊，你才草——」說到一半，他突然意識到有女生在場，這「你草我草」聽起來簡直跟「你操我操」沒多大區別，連忙把話吞回肚子裡去。
李瑤噗哧笑了出來。
見她笑了，姜子牙也放心了一些，看了下路揚，他手上抱個女孩走了這麼長的路，同時還聊天說笑，卻仍舊沒什麼勉強的表情。
見狀，姜子牙也打消開口問要不要接手的念頭，要是自己走完一條走廊就沒力了，還得路揚再接回去，那出糗還是小事，讓暈倒的女生被移來移去地更不舒服才是大事。
所以姜子牙還是決定繼續自己聊天大業：「妳同學身體不好嗎？常這樣昏倒？」
李瑤不是很肯定的說：「芝香的個性很安靜，系上好像沒有人跟她很熟，我們本來也不太熟，是最近分組分在同一組才開始一起合作寫報告，我不知道她以前是不是常昏倒，沒有注意過。」
她有點不好意思的說：「如果在上課的時候這樣趴倒，大家可能會以為她睡著了，不會覺得她是昏倒。」

路揚理解的點頭說：「別說課堂上，就算吃飯吃到一半，子牙他突然趴下去了，我都會給他蓋被子。」

「我看你是會踹我一腳——」

話說到一半，突來的一聲「啪滋」吸引了三人的注意，他們抬頭看向聲音來源，那是一盞壁燈，不知道是不是壞了，正一亮一暗不停閃爍，只是因為大白天，它的位置又在窗邊，太陽光正盛，所以這閃爍不是很明顯，如果不是突來的聲響，他們恐怕也不會注意那一盞小小的壁燈。

「燈壞了嗎？」李瑤疑惑地看著那盞燈。

路揚皺眉看著那盞燈，臉色有些沉了下去，但他轉頭面對其他人時，神色自若地說：「看樣子是壞了，回頭要跟學校反應一下，聽剛剛的聲音不太對，要是燈泡爆掉傷到人就不好了，子牙你幫忙記著。」

姜子牙隨口應了，卻根本沒記住路揚說了什麼話，只見壁燈一閃一暗越來越明顯，不像剛剛因為白天太亮，根本就難以注意到壁燈那一丁點亮光。

周圍似乎突然暗了許多，但奇怪的是，窗外仍舊艷陽高照，只是這陽光似乎進不到走廊來，但透明的玻璃窗應該隔絕不了陽光。

姜子牙看了看室內和室外，兩邊完全是不同明暗度。

「好安靜喔，上課了嗎？」李瑤疑惑地說：「好像沒聽到鐘聲呀？」

姜子牙心頭一緊，他很確定鐘聲沒有響，這裡是熱鬧的大學校區，就算到了晚上十點也還有社團在活動，更何況現在是中午午休時間，不吵翻天就不錯了，怎麼可能這麼安靜？

雖然情況有點怪異，姜子牙還是感覺自己是不是太過緊張了？左眼本來就老是見到莫名其妙的東西，要是用五顆星來評分，這種暗了一點、安靜了一些的情況頂多兩星級還有得找，但這次好像有些不同，總覺得不太對勁，到底是——

「快走吧。」路揚突然開口說：「我手痠了。」

姜子牙有點訝異，但還是開口說：「那換我來吧？」

路揚搖了搖頭，語氣有點匆忙的說：「不用，我們快走就是了。」

聽到這回答，姜子牙感覺今天路揚真的不太對勁，不禁皺起眉頭觀察他的表情，雖然對方說手痠了，但臉色看起來一點都不勉強，還不時回頭偷瞄窗戶，與其說是手痠，倒像擔心窗口會跳出吃人怪獸——難道路揚也看得見？

他就知道路揚不對勁，平常人哪有這麼容易接受他說的那些東西，從小到大也就只有路揚肯相信，他一定也看得見——

「怎麼有點暗啊？是因為燈壞掉了嗎？」李瑤的語氣透著害怕，她直覺不對勁，但是卻又說不出怎麼一回事，只覺得又陰暗又冷，一股寒意不斷從背脊竄上來。

姜子牙皺了眉頭。李瑤也看見了？

再看一次窗口，他總算發現哪裡不對勁了，因為自己只有左眼異常，所以看到古怪的東西時，左右兩眼看見的景象不同，總會有點模糊不清遠近難分，但這次卻看得清清楚楚，再加上路揚和李瑤似乎都看見了……現在到底是什麼狀況啊？

「快走吧！」路揚急急地催促，轉身就要走，但一個回頭卻看見姜子牙還愣愣地看著窗口。「子牙？怎麼還不走——」

他猛然住了口，因為姜子牙的臉色實在太不對勁了，再想到對方那隻左眼，不用說，一定是又看見了什麼！

這時，姜子牙正瞪大眼看著一道陰影緩緩籠罩住窗戶，他想照著路揚說的話去做，立刻轉身離開這個詭異的地方，但是渾身如入冰窖，腳像是兩條凍在地上的冰柱，根本動彈不得！

他只能眼睜睜看著那團陰影籠罩住整個窗口，然後伸出一長條黑影，彷彿是一隻手，輕輕地試探性按了按窗戶玻璃，發現沒辦法穿過去，卻又不肯死心繼續用力，玻璃開始隱隱約約傳來「啪滋」不堪負荷的聲音。

不妙！姜子牙立刻大喊：「趴下！」

他邊喊邊撲向李瑤，路揚也毫不遲疑抱著手上的女孩撲倒了，四個人都還沒來得及貼到地面上，窗戶玻璃就破開來，碎片四射，不巧牆上的公告欄也有玻璃外框，被這碎片擊中後竟跟著爆開來。

爆炸聲夾雜著李瑤的尖叫聲，三人緊貼在牆邊，周圍一片狼藉，連掛在牆上的畫框都插著十來片尖銳的碎片，這窗戶玻璃根本不像是破了那麼簡單，說是爆炸還差不多！

滿地都是碎玻璃，雖然爆炸已經結束了，但姜子牙抱著李瑤，又死死地拉住路揚，不讓他起來，路揚先是疑惑，隨後臉色一變，跟姜子牙一樣，一人各抱緊一個女同學，然後身體緊緊貼著牆，

頭頂上，黑影探進窗來，陰影籠罩住四人……

姜子牙全身僵硬，勉強用眼尾瞄了下路揚，根本不用問，看對方的臉色就知道對方鐵定看得清清楚楚，這次真的不是只有他那隻該死的左眼才看的見而已！

陰影越來越濃重，頭頂上的東西近在咫尺，姜子牙拚命告訴自己別往上看，根據經驗，裝作沒看見絕對是最好的解決辦法，尤其是這種感覺就很邪門的玩意兒最愛跟著看得見它的人，所以千萬別往上看！

但它彎了腰，低下頭，上下顛倒地看著眾人。

姜子牙終於明白了，那濃重的陰影原來是它的黑袍。是白天的死神。

那張不成比例的白骨臉就埋在巨大濃重的黑影裡面，宛如深洞的眼眶中，兩顆血淋淋的眼球轉來轉去，先是和姜子牙四目相對，但立刻又轉開去看其他人，對姜子牙似乎沒什麼興趣。

都四目相對了，裝沒看見好像也來不及了？姜子牙有點想拔腿就跑，但是身上還壓著一個女同學，然後頂上那玩意兒也實在大得嚇人，就怕不跑沒事一跑馬上激怒對方，到時被踩死都有可能！

姜子牙只能希望對方快點自己走開，但是越這麼想事情就越不這麼發展，死神似乎終於找到它的目標，它一動，耳邊就傳來「咯咯」的聲音，姜子牙反射性朝窗臺抬頭一看，然後立刻就後悔了。

那咯咯聲原來是撐在窗臺的白骨手掌發出的聲響，剛剛因為太過注意陰影，所以根本沒有注意到更恐怖的東西就在旁邊。

那隻手緩緩探了下來，姜子牙只能拚命往旁邊挪動，但手一碰到旁邊的地板就感覺一痛，地上全是碎玻璃，也就只有窗下他們待的地方比較乾淨。

無路可去，只好回頭看自己快被白骨手抓走了沒有，這一看才發現他根本不是死神的目標，那只爪子朝路揚的方向抓去——

姜子牙毫不遲疑伸手抓住死神的衣袖，卻沒抓住任何東西，那陰影黑袍竟像是霧氣，一抓便散，他一急，只好撲上前去抓那隻白骨手掌——

「別碰！」路揚嚴厲喝道：「子牙你給我後退！」

姜子牙一怔，手停在半空中，卻又不想就這麼看著死神找上路揚，要是真的把他拖去地獄怎麼辦？

但沒想到那隻白骨手的目標似乎不是路揚，它直指路揚懷中那個叫林芝香的女孩！

路揚先把女孩朝另一個方向一帶，避開死神，隨後做出了姜子牙完全不明白的動作，右手的食指和中指併攏直豎，拇指則碰到無名指……

「天地自然，穢氣氛散，八方威神，斬妖縛邪……」

竟然還念起咒語！

姜子牙目瞪口呆地看著自家好友嘴裡唸出只有在電影裡才聽過的咒語，而且念得這麼長又口齒清晰，完全不像是死到臨頭才抓來隨便念念的「佛祖保佑觀音救命」。

「……凶穢消散，道炁長存，急急如太上老君律令——勅！」

路揚毫不畏懼，兩指指尖直指死神的白骨手，姜子牙正想大罵「你不要手了」，卻看見對方的兩指旁出現一道銀光，這光一現，白骨手竟然畏縮了一下。

路揚雙指一轉，那道銀光竟然也跟著扭轉起來，銀光漸漸凝聚成長條狀，竟是銳利的劍身，隨後往前後延伸，前至劍尖後成劍柄，一個收縮凝實，竟成了一把真劍——至少對姜子牙來說夠真實的了。

路揚的雙指一揮，劍也隨之起舞，朝著死神的骨手就是一個斬擊，但是手及時往旁邊一閃，這擊只斬斷黑袍，沒碰到骨手，但是那斷裂的部分就在骨手掌上方，照理說應該已經斬到手臂了，但是那斷裂的地方卻什麼東西也沒有，那隻骨手掌似乎是獨立飄浮在空中，根本沒有手臂支撐。

但即使如此，這一斬似乎還是有效果，死神竟不敢再次上前。

路揚將手指舉在胸前，那把劍像是護衛一般擋在眾人前方，再次唸起咒語：「天地自然，穢氣氛散……」

多了這把劍，咒語似乎也變得更有效了，死神的手不敢再靠近，上半身也緩緩後退，直到路揚唸完最後一句「急急如太上老君律令——勅」，神色厲然，雙指一比，劍尖直刺向死神的胸口。

但姜子牙卻反而覺得那死神比較不在意了，剛才路揚針對它的手，它似乎還退縮得比較厲害，一對血眼球更是直盯著劍，頗為忌憚，但一換成胸口部位，它退縮的動作卻停了下來，似乎不怎麼在意。

「阿揚，別刺胸口，打他的臉！」

路揚一怔，指尖一偏，劍立刻上揚，直刺向死神那張白骨臉。

姜子牙一直死盯著死神的動作表情——雖然它臉上剩下的東西不多，但是那把劍一改變方向，朝著它的臉刺去，它立刻張嘴吼了一聲，姜子牙其實沒聽見聲音，但至少看得見那兩排牙齒上下開得極大，一口就能吞掉一顆人頭都不為過。

打臉果然打對了！

眼見劍就要刺中時，周圍突然一陣大亮，刺得姜子牙什麼也看不見，尤其是左眼，被突來的亮光刺激到眼淚都快流下來。

到底打中了沒有？這光是怎麼回事？可千萬不要是路揚被打中了啊……

「阿揚！」

「我在，子牙，你看看周圍，它還在嗎？」路揚保持警戒的問。

姜子牙擦了擦滿眼眶的淚，用手遮住右眼，單單讓左眼去看，但哪還有死神，室內甚至恢復了明亮，陽光正從透明的玻璃窗外射進來，熱得讓人出汗。

剛才的驚悚事件彷彿一場幻覺，若不是滿地碎玻璃渣，根本像是什麼也沒發生過——除了路揚身旁還有把劍飛在空中。

「它走了。」

這話一出，路揚就鬆了口氣，這才把雙指放下，說也奇怪，他一放下，那把劍就開始旋轉，每轉一圈便淡一點，沒幾圈就化為光點消逝在空中。

姜子牙死瞪著路揚，感覺今日才真的認識這位「多年好友」，要說不在意路揚瞞了這些事，那還真的是騙自己的。

被姜子牙這麼瞪著，路揚連想裝死也做不到，只有滿臉尷尬的說：「啊那個就我爸……不，是我媽教我的淨天地神咒，沒什麼大不了的！」

淨什麼咒？就算你媽真的教了，一般正常年輕人會去記這麼長的咒語嗎？

「我看見你的手指旁邊出現一把劍。」姜子牙還是忍不住開口說：「而且好像是古裝劇裡面的中國劍！」

路揚一怔，脫口而出：「你竟然看得這麼清楚？」

一說出口，他就面露懊悔，見狀，姜子牙也不想再逼好友，乾脆自己轉移話題：「李瑤妳沒事吧？」

現在滿地都是碎玻璃，十分嚇人，幸虧姜子牙提醒得早，大家來得及躲避，所以看起來都沒什麼大礙，他也只是為了轉移話題才低頭關心李瑤，結果卻發現她竟嚇得暈倒了，他稍微目掃檢查了一下，應該沒有受傷。

「我們帶她們去保健室吧。」姜子牙現在顧不得路揚射出的是劍還是槍了，只擔心自己會不會撐不住，走到半路摔同學，本來沒傷都變重傷。

路揚點了點頭，毫不費力地抱著林芝香站起來，但姜子牙就沒那麼輕鬆了，他努力想把李瑤抱起來，雖然想用揹的比較輕鬆，但要把一個暈倒的人固定在自己的背上還真有夠難！

以前看電影那些把暈迷的人揹在背後的場景肯定是唬爛的！他都不知道該怎麼讓對方黏在自己背上，不會滑下去倒栽蔥，這真的會重傷啦！

在路揚都快看不下去的時候，周圍突然人聲鼎沸，急促的腳步聲和驚呼聲，路揚和姜子牙兩人都是一愣，隨即左張右望，不遠處還真的有不少同學正訝異地圍觀，有人雖然想上前幫忙，但滿地碎玻璃讓他們躊躇不前，不知道該怎麼過來。

「來得這麼慢，難道剛剛有界……」路揚低聲喃喃到一半，突然聽見懷中傳來呻吟聲，他低頭一看，懷中的女同學已經醒來了。

林芝香呻吟兩聲，睜眼突然看見一張陌生人的臉，又驚覺自己正被人抱著，立刻尖叫：「你是誰！放開我，放我下來！」

她掙扎著要落地，路揚也只能努力別讓她直接摔到地上，摔在碎玻璃上可不是鬧著玩的！

林芝香一站到地上就踩到碎玻璃，嚇了一大跳，呆愣半晌，突然看見姜子牙懷中的人竟是自己的同學，立刻尖叫：「李瑤！你、你放開她！」

姜子牙也很想，但是他的良心還不容自己把一個活人放在碎玻璃上，林芝香衝過來一把將李瑤搶過去，姜子牙也樂得放手退開。

「唔，芝香妳醒了啊？」被這麼一搶過去，李瑤也驚醒過來了，滿頭霧水的說：「咦？我怎麼倒在地上？剛剛到底——」

路揚立刻說：「剛剛玻璃爆了，聲音很大，妳大概是被震暈過去。」

聞言，李瑤遲疑地說：「可我、我好像看見……算了，我應該是暈倒了吧。」她最終還是放棄追究，選擇了視若無睹。
見到李瑤的態度，林芝香也軟化了，輕聲問：「到底發生了什麼事？」
李瑤解釋：「剛才在餐廳的時候，妳突然暈倒了，是這兩個同學好心幫忙要把妳送到保健室去，不過剛剛半路上，窗戶突然爆掉了。」
聽到這解釋，林芝香又認出姜子牙是被自己倒了一褲子可樂的人，她有些尷尬地說「對不起……」
「沒關係。」姜子牙聳了聳肩，說：「我們帶妳們去保健室吧？」
「我沒事。」她卻搖了搖頭。
一臉慘白還沒事？姜子牙皺了皺眉頭，看越久他越敢肯定，林芝香的這身衣服絕對和早上車禍現在看見的人一模一樣，現在連死神都出現了，說沒有關連性誰信啊？
林芝香卻出乎意料的固執，堅持：「我真的沒事，李瑤妳去上課的時候幫我跟教授說一聲，我先回家休息就好了。」
李瑤應了一聲，又不放心地說：「那妳回到家傳封簡訊給我。」
「好。」林芝香轉過身，十分有禮地對兩個男生道謝：「謝謝你們的幫忙，不好意思耽擱你們上課——」
話沒說完，旁邊傳來又急又氣的吼聲：「這裡到底是怎麼回事！」

四人轉頭一看，一個略有點眼熟的主任正張大嘴看著滿地的碎玻璃。

要回家的、要上課的，最後通通都只能跟主任走。

姜子牙苦著張臉，只希望「送女同學去保健室，半路玻璃爆炸」這樣的理由可以讓這堂課的教授滿意——但怎麼聽都像是公車爆胎之類的爛理由啊！

他正想跟身旁的路揚商討個對策，看看是不是等等哀求主任給個公假，卻看見路揚直盯著前方的林芝香，手指不知在比劃什麼，嘴裡還唸起咒文，只是大概不想再引起別人注意，他唸得又輕又快。

一念完，路揚回頭就看見姜子牙正盯著他看，連忙解釋：「只是個保平安的小咒，我媽教的。」

信不信他真的私下去偷問路媽媽！姜子牙有預感，路家媽媽說的話肯定不一樣！

路揚尷尬地說：「只是試試而已，你說在車禍現場看見她，剛剛又發生這麼奇怪的事情，我想這個可能有用，就和廟裡的平安符一樣嘛！」

「喔。」

姜子牙沒多問，也沒說自己看見他唸咒時，手指畫出了一道符，發著淡淡黃光的符咒朝著林芝香的後背飛過去，快貼上去的時候，她正好拐過走廊的彎，符咒落了空，在掉落地面之前就消逝無蹤。

既然路揚不想說就算了，姜子牙把背包一甩，率先跟了上去，「快走，他們都走遠了啦！」

背後安靜了一會兒，突然傳來路揚的低聲說：「那把劍叫做『剔』。」

姜子牙微微一笑，高喊一聲：「走啦！」

姜子牙一邊簽收書籍，一邊跟經銷商的業務員聊：「這次的書好像比較少喔？」

聞言，業務員也忍不住開口抱怨：「最近幾個作家都沒有出書，不知道在搞什麼東西。」

回家幫你問問御書，她搞不好知道。姜子牙默默在心底回答。

送貨員東張西望了一下，說：「你家老闆又跑啦？」

「是呀，你又不是不知道我家老闆只要我來接手，櫃臺有人站著，他立刻就想跑了。」

送貨員呵呵笑著說：「現在書局不好做，你家老闆還真悠哉，不過生意看起來還不錯。」

姜子牙也覺得這真是個謎，他從高中就在這家叫做「九歌」的書局打工，他也覺得自家老闆實在有夠悠哉，每次他一下課來接手，老闆就會說「上個廁所」、「去把新書上架」或「去買個飲料」等等，然後到他關店都不會再看見老闆。

幸好老闆似乎交友廣闊，有不少朋友都會來這買書或者文具，雖然姜子牙覺得這交友範圍實在太廣闊了一點，不時有八歲到八十歲的人來買書時會問「二叔叔」、「二哥」、「小二」、「二小子」甚至還有「那個混蛋阿二在嗎」，五花八門的稱呼真讓人傻眼。

當老闆和善的說「我是傅太一，你可以叫我二哥」時，姜子牙果斷地叫他老闆。

「簽好了。」

姜子牙把單據遞給業務員，對方也沒多檢查，拿了就走了，畢竟合作也久，十來本書也不是什麼貴重物品。

這時，路揚從書局後方走出來，說：「剛到的書啊？啊，我要這本雜誌，其他的我幫你拿去上架吧。」

「不用了。」姜子牙把剛到的書拆封，說：「你幫我站一下櫃臺，我去上架，順便要找幾本書。」

「好。」路揚走到櫃檯，隨手翻著雜誌，問：「你要找參考書？」

「找小說。」

路揚驚奇的問：「你會看小說？」

「是不常看，不過主要是沒時間，不是不喜歡看。」

姜子牙把雜誌放在櫃檯旁的架子上，隨後四下尋找，也抬高聲音跟櫃臺的路揚解釋：「我家對面住的鄰居原來是個小說作家，所以才想找她的書來看看……找到了！」

「喔？書名叫什麼？」路揚好奇地喊。

「還蠻多本的。」

竟有十來本，九歌只是家小書店，書籍本來就不如大書店齊全，能在架上佔十本以上的書，算是很多了，難不成御書還算有點名氣的作家？

姜子牙覺得這世界真是太奇妙了，看對方那副德性，怎麼都不像個有名的作家啊！一定哪邊有誤會，搞不好是他家老闆剛好特別喜歡御書的小說，所以才進了一堆吧？

不知道該看哪本，姜子牙索性一口氣全拿了，打算到櫃臺翻個究竟，最好能翻到眼熟的角色——例如泡一手好奶茶的那一位。

「好看嗎？」路揚隨口拿起一本來。

「不知道，從沒看過。」姜子牙低頭翻書，隨口說：「幫我找找哪本書裡面有個管家角色。」

「喔。」

雖然這麼回，但路揚卻把書放下來了，姜子牙感覺有些奇怪，抬頭看著對方。

「幹嘛？」

「子牙，今天發生的事……」路揚有些不知道該如何開口，雖然是好友，問幾個問題也沒什麼，不過重點在於他只想問人，自己卻不想回答任何問題。

「可以告訴我，你到底看見什麼嗎？」

姜子牙闔上小說，毫不驚訝的說：「還以為你打算裝作沒這回事了，你是說窗戶破掉之後看見的『那個』？」

路揚點了點頭。

「我看見死神，就是白天車禍現場出現的那一個。」

路揚一驚，脫口：「你確定是車禍現場那一個死神？你怎麼能肯定是同一個？」

姜子牙一怔，說：「它們就長得不一樣，就算死神這種東西還蠻常出現的，但每次出現的死神特徵都不一樣，今天這個死神有雙血淋淋的眼球，很好認。」

話說回來，他記得自己還小的時候，若不小心接觸到有往生者的地方，多半是看見黑白無常，不知道從何時開始就變成死神了。

路揚低頭喃喃：「原來你真的看得那麼清楚……」

「你沒看見？」

「我看見一團黑霧裡面有骷髏臉和枯骨手，看起來確實有點像傳說中的死神，它的眼眶是有紅光沒錯，但我沒看見眼球。」

「我的左眼就怪怪的，老是看到一些東西，你又不是不知道。」

「嗯。」路揚眉頭緊皺的說：「但我不知道你看得這麼清楚。」

姜子牙笑了一聲，輕鬆的說：「偶爾有些東西真的很像真人，或者現在不是很流行角色扮演嗎？所以我常常把假的看成真人，或者把角色扮演的真人看成假的，鬧出不少笑話。」

「我不覺得你鬧出過什麼笑話啊。」

姜子牙沉默了一下，說：「我們認識的時候都高中了，我早就學會看見什麼都不動聲色，如果還是弄錯了，就說一句『開玩笑的啦』打混過去，沒什麼人會多注意。」

說到這，他似笑非笑的說：「就除了你這個喜歡追根究柢的無聊傢伙。」

路揚也笑了，想起高中時期，兩人的個性差異太大，根本沒有交集，直到那一次

登登登……

聽到訊息聲，路揚立刻掏出手機來看，姜子牙正想照慣例諷刺他一句「低頭族」時，卻看見他的臉色突然沉了下去。

「怎麼了？」姜子牙擔心的開口問。

「出車禍的女同學情況突然惡化了，好像已經過世了。」

姜子牙瞪大了眼，驚呼：「不是說沒事嗎？怎麼突然就這樣了？」

路揚搖了搖頭，「不知道，只是學妹傳來的消息，她也不知道確切原因，正和其他人哭成一團。」

「子牙，如果你再看到那個死神，立刻離開它，離得越遠越好！」

「……誰看到死神會不離得遠遠的？」

路揚笑了一聲，說：「說的也是。嗯，今天就陪你顧店到這，今天家裡還有事，我先走了。」

姜子牙「好」字剛說完，路揚轉身就走，姜子牙正覺得今天的路揚走得還真乾脆，平時不都喜歡賴在櫃檯不走嗎？就算收到家裡傳來的簡訊要他回家，他也常常多賴一會才心不甘情不願的走。

連老闆都說好像用一人份的薪資請了兩個工讀生，非常划算。

姜子牙看著路揚的背影，他的身旁竟隱隱浮現一把古劍，姜子牙突然感覺有些不妙，連忙開口喊住對方，問：「喂！你該不會是要去找那個死神吧？」

路揚一頓，回頭笑著說：「什麼呀！誰會去找死神，你傻了吧？」

姜子牙也希望是自己傻了，千萬不要是路揚傻得去找那個死神。

但路揚的那把古劍到底是做什麼用的呢？現在浮現出來又是什麼意思……

「晚上打個電話給我，有事跟你說。」姜子牙還是感覺不太放心。

路揚好奇地看了看他，但只回了個「好」字就急急地離開，竟然不像平常那樣非得問個清楚不可，就連一個小學生背著書包正與他擦身而過，他也沒注意到。

小學生回頭張望，問：「他趕著去哪？」

這是老闆的兒子，傅君。姜子牙和路揚兩人都認識。

「回家幫忙。」姜子牙隨口問：「你怎麼這麼晚下課？」

「我教功課落後的同學寫數學作業。太一咧？」傅君東張西望，不滿的說：「又跑掉了？」

除非在外人面前，否則傅太一和傅君從不互稱父子，姜子牙剛來的時候，老闆介紹傅君，也說是他的兒子，但雙方熟了一點後，他們兩個在姜子牙面前就父不父子不子了。

傅君一向直接叫「太一」，老闆則很奇怪地叫傅君為「小東」，據說是小時候的乳名。

「他又找了什麼藉口跑掉？」傅君不高興的說。

「沒找，我來的時候，才一個低頭把背包放好，抬起頭來他就不見了。」

「連藉口也不找啦！」傅君揪緊眉頭，罵道：「這傢伙越來越誇張了，今天早上他還賴床賴到想叫我來開店，說上學遲到就遲到也沒什麼——」

登登登……

傅君皺了下眉頭，從口袋拿出手機低頭看。

這年頭，大家都是低頭族。姜子牙再次感嘆。

「王八蛋！」傅君咬牙切齒的說。

「什麼了？」姜子牙覺得自己有點明知故問，總的來說傅君還算是個有禮貌的小學生，唯一一個能讓他罵個不停的人，就只有他父親傅太一。

傅君把手機舉到姜子牙面前，上頭寫著「太一說：小東東，我今天消夜想吃海鮮麵，記得幫我煮喔！」後面還有一個動態圖案不停發送愛心。

登登登……

太一說：「啊，忘了說，記得把我最喜歡那件藍黑條紋的襯衫洗好，我明天要穿。」

登登登……

太一說：「還有同款的西裝褲也不要忘了洗！」

登登登……

太一說：「我的海鮮麵要有蝦子喔！」

登登——

傅君一把將手機扔給姜子牙，面無表情的說：「我的手機借你玩五天不要還我，等等我拿充電器給你。」

但傅君大概是最不想要智慧型手機的小學生了。

CH.3
姜子牙

節之一・助燃劑

打完工回家，只有姐夫江其兵一個人在家，照慣例就坐在客廳的書桌打著電腦，姜子牙在玄關脫下鞋子，好奇的問：「姐姐呢？江姜呢？都不在家啊？」

江其兵抬起頭來，愣愣地看著他，喃喃：「江姜？誰是江……」

姜子牙瞪大了眼，江其兵卻又自己若無其事的說：「喔，你姐帶她們去逛超市了。你打工前有乖乖吃晚餐吧？現在餓不餓？要不我打個電話讓你姐順便帶個宵夜回來？」

姜子牙猶豫了一下，剛才姐夫好像突然忘了江姜……他立刻把脫到一半的鞋重新穿回去，大喊：「我出去一下。」

江其兵一愣，高喊：「你不是剛回來嗎？都快十點了，你要去哪？」

「到對面串門子而已！」

姜子牙衝到對面把門敲得震天響，門開了一條小縫，管家站在門縫後詢問：「請問來訪的客人是誰呢？」

「晚、晚上好！我是對面的。」看見穿著襯衫和小背心的管家，姜子牙突然覺得自己太沒禮貌，立刻站直打招呼。

管家微微一笑，將門一把拉開，禮貌地回應：「晚安，請進。」

房內傳來怒吼：「是誰准那個臭小子進來的啊！他是要把我家門都敲破啊？」

管家笑著解釋：「主人趕了一天的稿子還沒趕完，心情正不好呢。」

聞言，姜子牙連忙朝裡面喊：「我今天看了妳的書喔！」

「……進來。」

一進去就看見御書整個人癱在沙發上，身上堆滿武器雜誌，從刀劍到槍械都有，沒看錯的話，似乎還有本講述坦克演進史的……

御書用下令的語氣說：「說！看了哪本。」

姜子牙乖乖地交代：「全部都大概翻了一下，找到有管家的那本後才整本看完，我、我還有買喔！」他連忙從背包翻出書來證明。

御書沒好氣的說：「你能不能別對我的管家這麼有興趣啊！你省省吧，我不會把他嫁給你的啦！」

「他又不是女的！」

御書笑了一聲，擠眉弄眼的說：「如果他是女的，你就考慮了？已經不怕啦？」

姜子牙一怔，抬頭看著管家，這時，對方剛好彎腰詢問：「和上一次一樣泡奶茶，好嗎？」

姜子牙立刻用力點頭，雖然他不是來喝奶茶的，不過實在太好喝了，忍不住就想狂點頭。他偷瞄管家走去廚房的背影，低聲問御書：「所以他就是妳書裡寫的管家，那個、那個吸血鬼？」

他不得不承認發現書裡寫著對方是個「吸血鬼」以後，自己更加緊張了，但是一看見對方，這緊張感就消失了，管家根本不像個吸血鬼，一直都面帶微笑，比正常人還溫柔，而且超會泡奶茶！

「不是。」

姜子牙愣了一愣，反問：「為什麼不是？」莫非他挑錯書了？還有別本有管家？

「就算是同一本書，每個人看的感覺也不會一樣，所以我喚出來的管家和別人喚出來的，鐵定不一樣，甚至連長相都不會一樣。舉例來說，書中若說某個角色是『帥哥』，你和我腦海想像出來的帥哥長相總不會一樣吧？」

御書坐起身來，把堆滿身的雜誌推到一邊去，懶洋洋地說：「既然連長相都不一樣，誰才是書裡的管家？」

「喔。」姜子牙還是忍不住說：「但妳是作者啊，妳叫出來的管家應該就是書裡的那個吧！」

「頂多只能說我喚出來的人物，可能比較接近書中的管家，但絕對不是一模一樣的角色，在書中，管家服侍的對象是一名少爺，但現在他的主人是我，不同的人生際遇也會造就不同的人出來，這樣懂了沒？」

原來如此，姜子牙點了點頭。

管家提著一壺奶茶和兩只杯子出來，御書一看，立刻高喊：「我不要奶茶，咖啡呢？」

管家一邊放下杯盤一邊慢條斯理的說：「您這幾天為了趕稿已經喝掉十壺咖啡了，您曾經下過命令，要我節制您喝太多咖啡，所以現在請改喝奶茶。」

「茶還不是一樣有咖啡因，根本沒差好不好！」

「這是低咖啡因的茶包。」

御書立刻倒在沙發上，掩面悲泣：「你不如殺了我算了！」

管家繼續優雅地倒著奶茶，說：「主人，您差不多該上超市去了，這已經是最後的茶包，蔬菜也快沒有了，冰箱只有冷凍庫還冰著一堆冷凍肉品，其他都空了。另外，我想請您幫我帶一個托盤回來，泡茶或端菜都會比較方便。」

御書猶豫了一下，試圖連去超市的功夫都省下來，帶著期望問：「既然你都能去倒垃圾了，那也可以去超市吧？」

管家搖頭說：「超市的人太多，而且十分明亮，我會露出破綻，除非您打算讓我成『虛』。

「那算了。」御書立刻放棄了。

姜子牙不解地問：「成為虛會怎樣？」

「就會開始想太多，想成為真實的存在，那麻煩就大了！」

御書的雙手搭上姜子牙的肩膀，沉重的說：「你要知道一個管家的費用高得嚇死人，我可沒有那種財力可以付他管家費，所以絕對不准讓他成為虛以上的存在，然後跟我要薪水！」

姜子牙差點把嘴裡的奶茶噴出去，沒好氣的說：「妳這樣當著人家的面說不給他薪水，他就不會想起來跟你要嗎？」

御書揚了揚眉，說：「他只是『幻』，所以只能乖乖聽令，不會跟我要東西。」

聽到這話，姜子牙忍不住瞥了管家一眼，對方只是微微一笑，看起來果真不在意別人當面談論他，更別提薪水問題了。

御書勉強喝了兩口奶茶，問：「別管我家的管家了，他反正是我的問題，倒是你家的問題怎麼樣了？」

「啊！我就是為了這個來找妳，今天我想起來江姜她……」

姜子牙突然一愣。他想起江姜的什麼事？怪了，明明記得好像有想到重要的事情，怎麼轉眼就不記得了？

御書笑了一聲，拍拍他的肩說：「算了吧！江姜的事情，你最好別去想了，專注解決那隻娃吧！」

解決？

姜子牙的臉扭曲了一下，小心翼翼地說：「可是小雪她看起來好像沒什麼惡意的樣子，說要解決她會不會太殘忍了一點？」

「小雪是吧，叫得還真親暱啊……」

御書撲上去掐住姜子牙的脖子，怒吼：「我叫你燒了她，你還反過來跟她搞得這麼熟，是聽不懂人話嗎？」

「我、我懂啦！可、可是……」姜子牙艱難地說：「既然妳說江姜也是假的，那難道不能讓小雪也變成真的人嗎？」

「不要一直說江姜是假的，小心她真變假的給你看，你這笨蛋！」

姜子牙一怔，突然想起自己今天在學校似乎有聽見江姜的呼喚，似乎是喊著「不要」，但到底是不要什麼……

他猛力甩了甩頭，隱約察覺是不好的事情，所以決定照御書說的話去做，不要去想江姜的事情——不管江姜是真是假，他姐和姐夫都不能失去江姜！

但小雪呢？

想到另一個小女孩，姜子牙開始遲疑不定了。

看見姜子牙的表情，御書明白他是真的心軟了。

她放過對方的脖子，揪緊眉頭，盤腿坐下，煩心的說：「事情沒那麼簡單，她原本不是真實的存在，所以很容易受到別人的影響。」

「誰不會受到別人的影響啊？」姜子牙摸著被掐的脖子，低聲咕噥。

御書翻了個大白眼，沒好氣的說：「你會因為受到別人的影響，突然變成鬼娃娃嗎？」

姜子牙嚇了一跳，驚呼：「難道她們會變成鬼娃娃？」

「是她，沒有『們』！只有小雪，別扯進另一個。」御書白了他一眼，才回歸正題：「哪天你們覺得小雪根本不是真人，而是恐怖的鬼娃娃，只要這個想法夠強大，她就真的會變成鬼娃娃了。」

聽到這，姜子牙的臉色發了白。

御書淡淡地說：「更嚴重一點，如果你們認定她是會殺人的鬼娃娃，她就真的會受到影響去殺人，你們真的想要承擔這種風險嗎？」

姜子牙遲疑了，他該立刻搖頭，但他還是遲疑了。

見到這種表情，御書明白他還是不願意照自己說的話去做，忍不住翻了翻白眼，有點發懶得想不管了，但看著是對門鄰居的分上，她難得花功夫勸人。

「聽我說，江姜已經成真，沒有辦法了，而且她還小，只要別再去提醒她這些事情，直接這樣長大的話，很有可能會忘記小時候的事情，永遠不會發現自己不是真人。」

御書指著姜子牙的鼻子，說：「所以最好的辦法就是連你也忘記她的事情，就把她當作你姐生的小孩，懂了嗎？」

這倒是沒有問題！姜子牙用力點了點頭。

御書這才滿意地繼續說：「但小雪還不是『真』，現在擺脫她還來得及，別讓她成『真』，你們家承擔不起這麼多個！」

姜子牙一個咬牙說：「但是我不可能燒死她啊！」

總算承認了，他根本沒有辦法燒死小雪，就算對方是個娃娃又怎麼樣？就算可以看得見對方的球狀關節又怎麼樣？她會動、會說話，還會叫哥哥啊！

他怎麼可能有辦法動手燒死她？

「是燒掉她，哪來的死不死。」御書翻了個大白眼，沒好氣的說：「說得好像我慫恿你殺人放火似的！」

難道不是嗎？
姜子牙不服氣的說：「妳到街上拉一個人叫他燒小雪看看？看他會不會報警抓妳殺人放火！」
御書氣得怒吼：「報警抓我是吧？好好好，老娘管你跟幾百個鬼娃娃住，管家，給我送客……不對，是給我送走這尊瘟神！」
「別！是我錯了，拜託幫幫我家！」姜子牙立刻低頭認錯。
這種會牽扯到家人安危的大事，要他低頭認錯是再簡單不過了。
御書仍舊沉著臉不說話。
見狀，姜子牙也有點慌了。
雖然他沒辦法對小雪痛下殺手，但也不代表他想不顧家人的安危，而且家裡有兩個貌似不是人的小女孩，這種事情也只能和御書商量而已，要是她真的不管了，那他該怎麼辦？
「御書妳不會真的不管了吧？妳跟我姐不是也很熟嗎？不會就這樣看著她有危險吧！」
御書冷哼一聲說：「有啥好熟的啊！不過就是每天倒垃圾而已，難不成我們還得成為倒垃圾之友啊？」

話雖這麼說，但她皺起了眉頭，感覺有點煩躁，還真沒辦法撒手等著看對門那一家上社會新聞。

「真麻煩！」御書不耐煩地說：「本來你和那隻娃混得很熟，這樣還比較方便下手，結果你卻混得太熟了！」抱怨到這，她轉頭問管家：「你想你能打贏對門那隻娃嗎？」

管家稍微評估了一下，搖頭說：「不行，主人，她們是兩個一起行動，我沒有絲毫勝算。」

姜子牙的臉扭曲了一下，之前他還認為對門的大娃娃可以打贏家裡的小娃娃，結果原來體型和外表不是一切，「年齡」才是重點。

「如果去掉江姜，只對付一個呢？」

管家再次思考，卻仍舊搖頭說：「還是不行，她存在的時間比我悠久多了，雖然還是『幻』，但恐怕已經快成『虛』了，不是我能夠對付的。」

御書嚇了一跳，不敢置信地說：「哇靠，姜太公，你姐也太猛了，一個成真、一個快成虛，她的喚名能力到底有多強啊？這麼強的能力怎麼沒被——」

她猛然住了口。

「沒被什麼？」姜子牙疑惑地問。

「沒什麼——」含糊說到這裡，御書突然朝姜子牙撲去，拚命扯著對方的臉皮，怒吼：「如果不是你住在我家對門，那兩個娃兒要是出問題，搞不好會衝過來，我是絕對不會理你們的，混帳東西！」

姜子牙委屈的說：「我怎麼知道某天回家就突然多了一個女孩——」

「是兩個！」御書用力的糾正他。

姜子牙更委屈了。其中一個本來是以為真的，結果居然也是假的。

「啊！不對，你當作只有多一個才是對的，哎呀——真是煩死人啦！」

她突然抓狂似的猛扯頭髮，嚇得姜子牙動也不敢動，以為她發瘋了。

但隨後，御書又突然冷靜地轉頭問管家：「如果再加上金髮的傢伙，你倆打不打得贏一隻娃？」

管家評估了一下，點點頭說：「如果您也給他身體的話，應該可以。」

什麼金髮的傢伙？姜子牙愕然了，難不成他家對門不只管家這個鬼娃娃？

而且是哪個金髮？

他在書局顧店的時候，翻了不少御書的小說，看到好多個金髮的角色，到底是指哪一個啊？該不會是那個恐怖的世界之王？還是那個卑劣的神殿之首？還是脾氣暴躁的雷電精靈——

——糟糕，金髮的角色好像都不太好惹！

御書揪緊眉頭喃喃：「還要身體啊？可是訂一尊娃要等兩三個月……算了，上拍賣找找看，也許有現成的——姜太公，你得付我十萬！」

姜子牙差點沒吐口血出來，大吼：「十萬？妳搶劫啊！娃娃幾百塊就有了吧！」

「你以為那是芭比娃娃啊！管家要是寄宿在動作不夠靈活的娃裡，包準他泡的奶茶能毒死你！」

靈活什麼啊！娃娃這種東西本來應該是不會動的吧！

姜子牙覺得遇上御書以後，他的世界觀好像整個都毀光光了。

管家不解地問：「主人，我記得您訂購我的身體時，好像不需要那麼多錢。」

「其他是我的酬勞！」御書吼完又惡狠狠地回頭對姜子牙大吼：「不然你自己去燒你家小雪！」

姜子牙哪有辦法做那種事，但是他更拿不出十萬，沮喪的說：「我沒有那麼多錢，除非妳讓我分期付款，還得分十期以上。」

「分期付款什麼呀，我是那麼殘忍的人嗎？」

出乎意料，御書冷靜了下，還端起奶茶喝了一口，慢條斯理的說：「與其去打工還債，你不如直接幫我打零工吧！」

「打工內容是什麼？」姜子牙心中警鐘響個不停，什麼降魔除妖燒娃焚屍各種險象環生的畫面在腦海輪流播放。

御書微微一笑：「很多，現在第一件事就是讓管家列張生活必需品清單，以後你固定每週去超市採買回來。」

原來是雜工！

姜子牙咬牙說：「我服了妳了！每個禮拜去一次超市也懶，妳乾脆把自己種在家裡一輩子別出門！」

「正努力朝著這個目標前進。」

「……」

「成交不成交啊？」御書不耐的說：「管家還等著用托盤咧！」

「成交！」姜子牙只能咬牙答應。

他只能安慰自己，買菜雜工總比降魔除妖來得好多了，應該只是跑跑腿，完全沒危險性。

御書拍了下掌，喝道：「這才爽快！管家，以後採買就找他了！」

管家微笑地點了點頭，對於主人連上個超市都要設計別人去，他完全沒有任何感想，只是從懷中拿出一張紙條遞給姜子牙，說：「單子已經列好了，需要的款項也在這裡，因為各賣場的東西售價不太相同，如果可以的話，麻煩您多跑幾家了。」
他無奈地笑著說：「主人總是嫌麻煩，不肯跑兩家以上，白白多花了好多錢。」
姜子牙吐血的心都有了，難怪御書這麼想燒掉小雪，卻又自己搞出個管家來——連隻娃都比她像個人啊！沒管家之前，這個家看起來一定比垃圾場還恐怖！
搶過採買單和錢，姜子牙忿忿的說：「我現在就去買，妳可不能食言，一定要……」
要燒了小雪。但話到嘴邊卻說不出口。
「快去買吧你，我家就剩下冷凍肉啦！」御書也不問姜子牙沒說完的話是什麼，懶洋洋地搖手說：「其他你就別管了，身為大學生，就好好上你的學去吧！」
姜子牙有些沉重的點了點頭，努力不去想小雪的事情，尤其是昨晚一起洗澡的場景和那一聲又一聲的「哥哥」。
走到門口時，他遲疑了一下，還是回頭詢問：「御書，妳說管家和小雪都不是鬼，那這世界上有鬼嗎？」
御書聳了聳肩說：「你覺得有就有，沒有就沒有。」
他翻了個大白眼，沒好氣的說：「這根本不算答案，如果我覺得有，別人覺得沒有，那到底是有還是沒有？」

御書的臉色突然嚴肅了起來，說：「那就要看是你的『有』比較強大，還是他的『沒有』更厲害。」

這話是什麼意思？

姜子牙有些愕然，有就有、沒有就沒有，還分強大不強大？

御書皺眉看著他的左眼，那表情之沉重，讓姜子牙覺得自己的左眼好像比管家這尊會動的娃更糟糕。

「姜子牙，我要警告你，沒事別亂看，你的左眼不是什麼好東西，容易惹出大禍來，你家那兩隻成真成虛的東西說不定也有你左眼的功勞——不，我想是一定有，不然你姐未免也太過強大，不可能到現在都沒惹出大事來。」

聽到這話，姜子牙突然覺得左眼有點麻麻癢癢的，如果這是可以丟掉的東西，他早在十歲以前就把它丟到太平洋去了。

御書的食指在眼前比出一條直線來，「走路直視前方，一切視若無睹，懂了沒？」

姜子牙用力點了點頭後，又卻想起自己停下腳步的原因，好像就不符合一切視若無睹的原則。

「呃，御書，我今天早上在車禍現場看見死神抓走一個女生，後來死神又出現在我的學校，它……」

雖然御書立刻翻了他一個大白眼，但姜子牙還是忍不住把今天發生的事情一五一十地說出來：「最後，還看見我同學憑空化出一把古劍把死神趕跑了，這、這些應該都不是我的眼睛造成的吧？」

御書說他的左眼不是什麼好東西，著實讓姜子牙緊張起來了，如果這些事情都是他的眼睛造成的……

「當然不是你造成的。」御書扶著額，一副頭疼的說：「這是物以類聚嗎？你那個路揚同學——」她頓了一頓，卻突然轉變語氣問：「你跟他很要好？你左眼的事情，他都知道了？」

姜子牙點了點頭。

「喔……不過既然你到現在都沒事，那應該也不會有事了。」

啥啊！話說清楚行不行？

看見姜子牙不服氣的臉色，御書嘖了一聲，說：「知道得少一點對你會好一點，你同學是個好人，他不告訴你是為了你好。」

姜子牙沉默不語。

雖然他真的挺想知道路揚到底在搞什麼東西，但是知道了又能怎麼樣？自己不過就是有一隻看得見的眼睛，根本什麼忙也幫不上，與其知道了又幫不上忙，也許根本不要知道還比較好一點。

就像以前那樣，他不知道路揚有這麼多秘密，根本不用擔心那傢伙會跑去找死神，現在雖然知道了，也擔心路揚該不會要去找死神單挑，但卻又完全幫不上忙。

姜子牙悶悶的說：「知道了，不問就是了。我去超市買妳要的東西。」

看著姜子牙關上門，御書嘆了口氣。

「真是個強大的助燃劑，能讓星星之火燎原，光是被他看見就糟糕了！偏偏還有個專門點火的姐姐，現在居然連同學都跟著放火……」

御書雙手環胸眉頭緊皺，雖然是不關她的事，不過對方怎麼也住在她家對面，火勢太大的話，也會延燒的啊！

不說別的，對面那兩隻要真成殺人鬼娃娃，她真的只好叫管家用區區娃身去擋著先了，這也是她為什麼想放另一個金髮的傢伙出來，就是未雨綢繆。

不過話說回來，管家與金髮傢伙和對門的兩個女娃其實是差不多的東西……

御書瞄了身旁的管家一眼，疑惑的說：「你該不會很高興姜子牙上門來吧？這次沒叫你泡茶，你居然就自己去泡了，還直接泡了那傢伙上次讚不絕口的奶茶。」

管家表情不變，仍舊是一臉微笑，回應：「管家的職責就是要招待好主人的客人，和本身的情緒無關。」

說個「不」字不就得了?竟然還解釋……

御書突然覺得頭很大——自己該不會也是一個在助燃劑旁邊放火的傢伙吧？

登登登……

姜子牙愣了一下後，有些不習慣的口袋裡拿出手機來，又是老闆傳給傅君的訊息，雖然他想關機不管了，但又怕要是老闆真有急事找兒子，他至少可以打市內電話或者直接上門去告訴傅君。

太一說：「嗚嗚，好想快點回去吃海鮮麵喔！」

可惜老闆沒半點正經事。

是不是該傳個訊息回去告訴老闆，手機現在是在他的手上呢？姜子牙有些拿不定主意，尤其他又不太會用智慧型手機……

姜子牙抓了抓頭，一個小孩突然撞上他的腿，因為自己也在想事情，搞不清楚是誰撞誰，所以他就隨口道：「抱歉。」

咦？

孩子登時停下動作，轉過身來，瞪大眼看著姜子牙。

慘了！姜子牙立刻將傅君的手機靠在耳邊，說：「抱歉啦！我快到了，再等一下下。」

聽著電話的「嘟嘟」聲，姜子牙滿口「就耽擱了」、「不要生氣啦」等等的胡說八道，身後那孩子亦步亦趨的跟了一陣子，注意力又被櫥窗的小東西吸引過去，不再跟上來。

姜子牙緊繃的神經才終於放鬆下來。還好蒙混過去了，都怪他恍神得太嚴重，不然「那種東西」怎麼看都有問題，根本不可能弄混。

對方只有一條腿，一跳一跳的前進，獨腳穿著一隻草鞋，肩上還扛著一把油紙傘。姜子牙不敢細看他的臉，只是瞥見一眼，那張臉除了中央一隻大眼睛，似乎就沒有其他東西了。

這樣還會認錯，姜子牙當場揍自己一拳的心都有了，幸好現在晚上的街道還算熱鬧，把對方的注意力引走了。

記得小時候，城市還沒有這麼繁華，姜子牙真的很不喜歡晚上出門，因為特別容易看見不該看的東西，而且因為街上的人太少，他一旦沒掩飾好「看見了」這點，往往就會有東西跟著不放，得費很大工夫才能甩掉。

不像現在，就算靠在街燈下的幾個「人影」不太對勁，姜子牙也不小心多看了幾眼，但是因為人太多了，那些「人影」根本沒有注意到他。

登登登……

姜子牙正巧又瞄到一個不知是人不是的東西，被突來的聲音嚇了一大跳，這才想起來是手機的訊息聲，他現在徹底明白傅君想把手機丟掉的心情了。

老闆也太閒著沒事幹了，傳個不停是想嚇死誰啊！姜子牙忿忿地拿出手機來看。

司命說：「錯誤已修正，但出了一點小意外，歸還失敗，會再次嘗試。」

竟然不是老闆，但這是誰？難道是傅君的朋友嗎？但這說話方式還真不像小學生，雖然傅君其實也不太像小學生就是了。

登登登……

司命說：「抱歉，東君，我傳錯人了。」

……他還是把這手機關機五天再還給傅君吧！姜子牙還沒體會到智慧型手機的好處，倒是已經開始覺得「登登登」、「登登登」讓他頭都痛了。

「哥哥！」

姜子牙的腿上一緊，他低頭一看，一對雙胞胎正各自摟住他一條腿，兩張小臉抬起來看著他，說不出有多可愛，而面前站著的人不是他家老姐是誰？

姜玉訝異的說：「子牙，你怎麼跑來這裡了？我還以為你應該回家了呢！正打算回去下個麵給大家當消夜。」

「去幫御書跑個超市。」姜子牙乖乖交代：「她要我每週幫她跑個腿，去超市採買，她會給我一點工資。」

說到「工資」，再想到攀在他腿上的那個小女孩，姜子牙突然心頭一緊，幾乎不敢低頭面對江雪。

「這樣嗎？」姜玉笑著說：「超市不遠，我再跟你去一趟好了，現在這麼晚了，很多生鮮蔬果都不多了，我幫你好好挑一挑，如果都沒好的，我也比較會挑替代品。」

姜子牙有些不願，卻不是針對姐姐，而是自己心虛，不想面對腿上的其中一個小女娃，但是他也沒有阻止姜玉的意思，畢竟採買完總得回家，回到家也是一樣要面對小雪。

他點頭答應了，兩個小女孩自然而然地牽上他的手，讓他的心情更沉了下去。

走了一小段路，姜玉擔憂地開口說：「子牙，怎麼了？看你好像悶悶的。」

「沒事……啊！今天在學校的時候，走廊玻璃突然破掉了。」姜子牙覺得還是交代一下好了，免得學校突然多事，打電話到他家關心之類，到時，「故意隱瞞」的罪名會讓他被姐姐加姐夫念到死。

姜玉一聽立刻就緊張了起來，高呼：「什麼？那你有沒有受傷？」

「沒有，沒事。」姜子牙連忙說：「我完全沒事，就是嚇了一跳而已。」

上下打量姜子牙好一會兒，姜玉這才放鬆下來，但嘴上仍擔憂的碎念：「學校對設備的維修是不是做得不好啊？連窗戶玻璃都會破掉，這叫人家怎麼安心上學？」

姜子牙看著姜玉，雖說是姐姐，但畢竟是雙胞胎，明明就是同年齡，但是他卻覺得姜玉比自己成熟多了，明明不過二十出頭，但已經完全是個主婦的樣子。

幾個人走進超市，現在採購單已經在姜玉手上了，她熟練地到各貨架上挑菜撿果買日用品，姜子牙只能遠遠跟著，淪為看小孩的保姆。

「笨蛋！」

姜子牙低下頭來，雖然現在兩個女孩的長相很相似，偽裝成雙胞胎，但他仍一眼認出右手是江姜、左手是小雪，小雪的表情比江姜成熟許多，一副小大人的樣子。剛剛說話的聲音似乎是從左手邊傳來的。

小雪立刻質問：「你白天做了什麼好事？」

「我？」姜子牙滿頭霧水，反問：「我做了什麼？」

她疑惑了一下，問：「你不記得了？江姜尖叫好大一聲『哥哥』呢！幸好媽媽那時候在廚房洗碗，我們好不容易才讓她相信江姜只是跌倒了才哭著要哥哥。」

「江姜叫了我的名字？」姜子牙有點疑惑，他確實好像有聽到……有聽到什麼？

「你真的不知道嗎？」小雪嘟著嘴說：「好吧，那就算了，反正你以後不准再欺負江姜！」

「喔。」姜子牙摸了摸鼻子，雖然他不覺得自己有哪裡欺負了江姜，但不知道為什麼總有種心虛的感覺，只得應了一聲。

江姜似乎沒有注意兩人的對話，她一臉睏容，揉了揉眼睛，伸出雙手，撒嬌說：「哥哥，抱抱。」

「想睡覺了嗎？」姜子牙一把抱起江姜，她把小臉埋進姜子牙的胸前，立刻就睡著了。

姜子牙抱著江姜，低頭卻看見小雪，感覺自己好像有點不公平，只得用單手抱著江姜，騰出一隻手來牽住小雪。

小雪高興得眉開眼笑，小手立刻抓緊不放。

姜子牙感覺到手上的觸感有點奇妙，小雪的手指一節一節的，不像是孩子柔嫩的小手，其實姜子牙也能看到她的球體關節，半人半娃看來頗詭異，但即使如此，小雪的開心笑容還是有點刺痛他。

小雪的異狀如此明顯，讓姜子牙突然想起管家說的事情來，連忙問：「妳來超市這麼亮又人多的地方，不會被發現嗎？要是有人看出破綻怎麼辦？」

江雪搖搖頭，說：「以前就跟媽媽來過好多次啊！有一點破綻也沒有關係，我就躲在江姜背後，大家都會以為自己看錯了。」

姜子牙想了一想，也是，畢竟只是小孩子，大家不會太過注意，有點不對勁也會當作是孩子玩鬧的東西，他就常看到小孩穿著有惡魔尾巴的褲子到處跑。但管家是個成人，又是那麼引人注目的人物，恐怕就很難蒙混過去。

「哥哥，今天有幼稚園的人來問說我和江姜要不要上小班喔！可是媽媽說她可以自己教我們，要讓我們滿五歲以後再去上學。」小雪抬起小臉，期盼的問：「哥哥，我五歲以前可以變得和江姜一樣嗎？」

妳可能永遠也成不了真人，管家他會來燒……姜子牙一個甩頭，說：「我不知道。」

小雪失望地低下頭，說：「如果五歲還不能變得和江姜一樣，大概只好假裝生病待在家，不能跟江姜去上學了。」

姜子牙覺得心裡又是一刺，只有顧左右而言他：「妳媽到底跑到哪裡去了？剛剛不是說要去拿醬油，怎麼拿這麼久——嗯？」

他突然看見一個熟悉的人影，對方拿著一個菜籃，但籃子裡面卻什麼東西也沒有，就這麼站在一個貨架前方，抬頭不知看著什麼東西，要說她是在挑選商品，雙眼卻又呆滯地直視前方，根本不像在挑東西。

記得她好像叫做林芝香……

姜子牙總覺得這位女同學好像有點恍神，一副魂不守舍的樣子，中午把可樂倒他身上，現下又在超市發呆，而且還是呆到旁若無人的地步，幾個人去拿她面前貨架上的東西，都忍不住用奇怪的眼神多看了她一眼。

「哥哥，怎麼了？」小雪搖了搖姜子牙的手，問：「不是要找媽媽？」

姜子牙又看了林芝香一眼，她還是在發呆，但他已經打消上前詢問的念頭了，自己家裡的問題都還沒搞定，再加上剛發現路揚似乎也有天大的秘密，他實在無力再關心到別人那裡去。

「是呀，我們去找妳媽。」

才剛想轉身，小雪突然抓緊他的手，驚呼：「哥哥！」

「嗯？」姜子牙低頭一看，小雪都還來不及回答，周圍就突然暗了下來，但不是全然黑暗，燈還是亮著，只是彷彿蒙上一張黑紙，所以光線被遮掩了大半，讓環境變得有些昏暗。

這情況一點也不陌生。

該不會……姜子牙轉頭一看，那個發呆的女同學仍舊站在原地，根本沒有注意到異狀，除了她以外，似乎也沒有別人注意到異狀，看來這確實是「左眼」才看得見的事情。

小雪畏縮在姜子牙的腳邊，這倒是讓他頗為驚訝，小雪本身不就是個鬼娃娃了嗎？她還怕什麼啊？

「小雪，妳怕嗎？」姜子牙有些不知所措，他仍舊看得見她的球形關節，但也看得見她臉上的害怕。

小雪用力點了點頭。

「哥哥，媽媽呢？我要媽媽！」江姜不知何時已經醒來了，也不知道她有沒有看見異狀，只是急著找媽媽。

姜子牙這才發現最重要的事情是什麼，顧不上會引人注意，立刻左張右望加上高聲叫喊：「姐、姐！妳在哪？」

姜玉沒出現，倒是林芝香終於回神了，她訝異地看著姜子牙，沒想到會在這裡看見對方。

見他喊得著急，她走上前來，關心的問：「同學你還好吧？」

我很好！不好的人是妳吧！

姜子牙倒退了幾步，隨著林芝香的接近，周圍也越來越暗了，很明顯地，問題絕對就是出在她身上！

「沒事，我只是在找人。」拜託妳去旁邊自個兒灰暗，不要拉人下海啊！

小雪已經完全躲在姜子牙腿後，就連江姜也緊張起來了，但她不像小雪這麼害怕，倒像是地盤被侵犯的野生動物，正萬般警戒的看著林芝香。

「子牙？」姜玉從貨架旁邊踏出來，緊張的問：「怎麼了？喊得那麼大聲？」她看了看一大兩小，看起來都沒什麼問題，這才放鬆了一些。

「江姜要找妳。」

姜子牙立刻把江姜放到姜玉手上，他有種預感，真要出了什麼事，這裡最有能力處理的人應該就是江姜了，所以當然第一時間放到老姐手上以防萬一。

姜子牙自己則彎腰抱起小雪，她怕得都全身顫抖起來了。

「好可愛的雙胞胎。」林芝香好奇地看著小雪和江姜，問：「是你妹妹嗎？」

「是我的女兒。」姜玉笑著回應。

林芝香立刻瞪大了眼，驚呼：「妳女兒？妳是、是他的女朋友吧？你們這麼早就……」

「就什麼啦！」姜子牙沒好氣的說：「她是我姐！」

林芝香恍然大悟，不好意思的笑了笑，道歉：「對不起，是我誤會了，你姐看起來好年輕啊！我以為和我們是同年齡呢！」

是同年齡沒有錯……

姜玉也沒有澄清，只是悶笑的問：「子牙，你還沒跟我介紹這位是誰呢？」

「她叫林芝香，是我同校的同學。」說完，姜子牙也不知道該說什麼了，他跟林芝香根本連認識都說不上，總不能介紹說她擅長發呆，還被死神纏身吧？

不過話說回來，周圍好像沒那麼黑了？

姜子牙抬頭偷瞄頂上的燈光，果真明亮多了，他這才終於沒那麼緊張，輕鬆地看著姜玉和林芝香打著招呼，難得他老姐可以和同年齡的女孩子說說話，所以也不用急著離開。

因為與老師相戀的關係，以前那些高中同學幾乎都被父母警告不准再跟姜玉來往，雖然姜玉總說這也是沒有辦法的事情，也說她在菜市場認識很多阿姨媽媽的，不會太寂寞，但是她畢竟才二十歲，不，那時才十八歲不到……

姜子牙懷中的小雪似乎也察覺到他的放鬆，她緊緊抓住他的領口，低聲說：「哥哥，我們快走！」

還沒結束？姜子牙心頭重重一跳，連忙說：「姐，妳挑好了沒？我們得快點回去，有些東西是御書趕著要的。」

姜玉疑惑的問：「趕著要？」

她低頭望著推車，裡面不外乎是生鮮蔬果、醬油、食鹽和衛生紙之類的東西，哪一樣是趕著要的？莫非是衛生紙……那應該是跟對門借一下，而不是找人出來買吧？
姜玉白了弟弟一眼，這個藉口也找得太爛了一點。
「你們忙你們的吧。」林芝香也看出姜子牙趕著離開的意思，她識趣地說：「時間這麼晚了，我也要趕快把東西買好才行。」
聞言，姜玉責怪的瞪了姜子牙一眼，禮貌的道別：「那就下次再見了，剛剛說的燉湯作法，我寫好再讓子牙給妳送去。」
林芝香瞄了姜子牙一眼，雖然察覺對方好像不太想見自己，她卻也不知道該如何拒絕姜玉，只有點頭說：「好。」
姜子牙始終沉默不語，他也知道自己趕著走的態度有點太明顯了，也不想這麼傷人，但是小雪卻死命攬住他的脖子，他要是再不走，說不定要成為史上第一個被娃娃勒死的傢伙了。
姜子牙安靜地推著推車去結帳，忍著心中那不舒服的感覺，在小雪的催促之下，提著大包小包走到超市門口。
跨出玻璃門的那瞬間，姜子牙終於忍不住回頭一望，倒吸了一口氣。
林芝香仍舊站在原地，身周陰暗如無星黑夜，哪有一點身在明亮超市的感覺，根本整個人都陷進黑洞裡去了！

姜子牙回頭看了許久，林芝香才發現他的視線，笑笑地對他揮了揮手，雙眼卻十分無神，皮笑肉不笑，整個人宛如失了魂魄一般，完全不對勁。

不管這位女同學處境有多糟糕，這根本不關他的事，自己根本就不認識她，而且也幫不上忙！姜子牙拚命對自己唸：陌生人、視若無睹、幫不上忙、陌生人、視若無睹、幫不上忙……

「子牙，走囉？」

姜子牙轉過頭來，他們面前停著一臺藍色的中古休旅車，姐夫江其兵下了車，正要走過來幫忙搬東西。

姜玉微笑的說：「雖然家裡不遠，可是都這麼晚了，東西又這麼多，所以我想說乾脆打電話叫其兵開車來接我們。」

江其兵一個揚眉，說：「子牙你怎麼到對面串門子串到超市來了？」

「啊就御書叫我幫她買個東西。」

「要出門不用先說一聲啊？」江其兵沒好氣的說。

姜子牙「喔」了一聲，不敢多說話，他還真的忘了要先回家報備一下。

以前，老爸根本不管他們姐弟倆在做什麼，所以他也習慣做事不用跟父母報備，沒想到現在跑出一個大了十幾歲的姐夫，而且還曾經是他們的老師，直接「姐夫如父」

的管東管西了。

江其兵擔憂地說：「雖然賣場很近，但以後還是我載你們來吧，最近的新聞也太嚇人了，你們這麼晚出來，我不放心，不能白天來買嗎？」

新聞……姜子牙不禁想到超市內的狀況，現在拋下這位女同學，如果隔天在報紙的社會版看見她，自己真的能夠當作這根本不關他的事嗎？

姜玉抱歉地笑笑對江其兵說：「因為晚上九點以後有很多促銷活動，所以才這個時間來。」

聞言，江其兵的姿態也放柔了，但還是堅持地說：「省什麼都可以，就是不能省到安全。」

姜玉乖巧的回應：「知道了。」

「好，上車吧。」江其兵放完東西後，招呼眾人上車。

姜子牙一隻腳都跨上了車，但是卻遲遲踏不上第二隻腳。

……該死！

他把小雪放上雙人兒童座椅中的一張，朝車內喊：「姐、姐夫你們先走好了，我想起來有件事要和林芝香說，等等我自己走路回去。」

姜玉長長地「喔」了一聲：「去和人家說幾句話啊……呵呵！我就覺得你的態度

不對。呵呵，好啦！不用辯解了，你都二十歲了，該怎樣就怎樣，去吧去吧！」

看著姐姐一臉笑瞇瞇，姜子牙深深地無力。

「太晚了。」江其兵卻不同意了，「給你十分鐘，我們去附近買個消夜再回來載你。」

「至少給個二十分鐘吧……」

可以的話，姜子牙希望他們不要再回來，但他也知道以姐夫的固執程度，要勸服對方是個大工程，等他勸到姐夫答應了，裡面那位女同學說不定都去地獄報到了。

姜玉深怕老公壞了弟弟的好事，連忙答應：「好好，正好我想吃的那家湯包店的人很多，應該要排一下隊，二十分鐘也比較剛好。」

小雪突然抓住姜子牙，著急地喊：「哥哥不要去！」

「小雪乖，哥哥有事，別吵哥哥了。」姜玉連忙哄著女兒。

「不要去！」小雪抓住姜子牙不放，把臉蛋埋在他的胸前，低聲罵：「哥哥是笨蛋！不要去！」

姜子牙有些不知所措，只能輕聲說：「對不起，我去把她拉出來就好，不會再做別的了。」

小雪沉默了一下，大叫：「我要跟哥哥去！」

「小雪！」姜玉沉聲警告。

姜子牙連忙說：「沒關係，她跟著我吧。」

「不行！」姜玉板著臉，她可不願女兒去當電燈泡。

「姐！」姜子牙豁出去了，咬牙說：「有小雪在，我比較不尷尬，也有話題聊啦！」

姜玉一怔，掩嘴笑道：「都這麼大了還這麼膽小！好吧，小雪去給妳哥哥加油喔！」

車子開走了，姜玉還從車窗開心地朝兩人揮手再見。

姜子牙抱著小雪站在路邊，他們背後應該是明亮的超市，但是面前車子不多的馬路竟還比後方明亮許多……

「笨蛋。」小雪欲哭無淚，泣音大喊：「哥哥是大笨蛋！」

姜子牙也這麼覺得。

路揚蹲在陽臺，胸前突然一陣震動，他先看了下手機，再朝屋內看了一下，確定裡面還是一片黑暗，這才從容地接起電話。

「傅君，你找我有事？該不會是子牙出了什麼事吧？」

「……我能出什麼事？」

路揚驚訝的說：「子牙？你這麼晚了還在九歌？為什麼拿小君的手機打電話，你手機沒電了嗎？」

「我在中巷路上的二十四小時超市裡，不知道為什麼只有小君的手機打得通……」

姜子牙的聲音聽起來有些小心翼翼的感覺，詢問：「路揚，你能帶那把劍過來嗎？」

路揚脫口：「你又看見什麼了？被纏上了嗎？」

「白天那個女同學在這裡，而且——」

「你和她在一起？」路揚突來一陣暴怒，大罵：「姜子牙你是蠢貨嗎！去找她幹什麼？白天的事情還不夠讓你離她遠遠的？」

「只是巧遇而已啦！」對方急急地說。

路揚下了通牒：「管你怎麼遇的！立刻、馬上給我離開那裡！」

「呃，應該來不及了，我根本找不到出口在哪，周圍有夠暗，而且大得誇張，根本不像超市裡面，我搞不懂這裡到底是哪——」

嘟嘟嘟——

「子牙？子牙！」路揚愕然，連忙回撥好幾次，但都只傳來「您所撥的電話目前沒有回應」的生硬電腦語音。

「SHIT!」路揚罵了一聲，回頭看了屋內一眼，仍舊是一片黑暗。

根本白等了！他在這裡潛伏簡直像個傻子！結果居然是姜子牙在超市遇上對方，還正好發生事件……他那到底是什麼出事運！

超市不遠，不過隔兩條街而已，但聽姜子牙說的話，恐怕已經沒有太多時間讓他磨蹭了。

路揚一手抓住陽臺的圍籬，直接跳了出去，這裡是三樓，他一跳出去就在半空中轉個身，放手下落，不偏不倚地落在二樓的圍籬，扭身後翻，直接落到一樓地面，隨即像箭一般飛射出去。

沒有三分鐘，他已經站在超市門口了，但超市看起來完全沒有異狀。

姜子牙在電話中說周圍很暗，但超市卻一如往常的明亮，因為時間已經晚了，裡面的人潮不多，但也還是有人拿著菜籃或者推車在採買。

路揚踏進超市，一陣異樣的寒冷讓他不禁顫了一下，這種直入骨髓的冷意不是冷氣可以造成的，但他左張右望，卻仍舊找不出問題到底在哪裡。

這種時候，路揚真根不得姜子牙的那隻左眼長在自己臉上，可惜卻沒有，所以他只得一條又一條走道的尋找，同時，十指不停互勾結印，嘴裡喃喃咒文：「天地自然，穢氣氛散，凶穢消散，道炁長存，急急如太上——」

突來一聲「砰」打斷他的咒語，路揚機警地退了一步，低喊：「剔，現身！」

如果姜子牙在這裡，就可以看見路揚的身旁再次出現大量光點，如漩渦般旋轉凝聚，最後凝實成一把古劍，懸浮在路揚的右手邊。

又是「咚」的一聲，路揚看向旁邊的冷凍櫃，手一舉，古劍飛高且微微朝前傾斜，進入備戰狀態，隨時可以揮砍出去。

冷凍櫃裡頭放著各廠牌的水餃，看起來沒有什麼異狀，路揚卻不肯相信，他危險地瞇起雙眼，終於發現哪裡不對勁，倒影……玻璃門上的倒影不對！

雖然玻璃櫃門不是鏡子，反射出來的畫面很有限，不仔細看根本不會注意到不對，但在路揚的仔細觀察之下，還是看清那反射景象中的貨架東倒西歪，商品掉了一地，和背後的景象根本完全不相同！

突然，一道人影閃了過去，路揚瞪大了眼，立刻朝背後一看，但他身後根本沒有人，他立刻又回過頭來想看個仔細，這一次卻清楚看見那人影，彷彿對方就站在路揚現在站的位置，也正不敢置信地回看著他——是姜子牙！

玻璃中的姜子牙往前跨了一步，神色十分著急，似乎想跟路揚說些什麼，但這時影像卻起了一陣水波，開始變得模糊不清起來。

路揚忍不住低罵一聲「SHIT」後怒吼：「剔，給我破開一條通道！」

古劍宛如人激動時會有的反應，瘋狂顫抖起來，旋飛到更高的位置，然後朝冷凍櫃的方向橫空一劈，空氣竟像紙張一樣被撕裂開來，出現一道大縫隙。

姜子牙就站在縫隙後方，瞪大眼看著路揚，他看起來慘不忍睹，上衣裂了一條大縫，勉強掛在身上，整個人被燻黑了一半。

路揚伸出手，喊：「子牙，快出——」

姜子牙卻比他更激動，大喊：「阿揚，你快出來！」

路揚一怔，沒想到姜子牙反而叫他過去，這到底是什麼情況？

他還想不清楚，卻看見通道漸漸縮小併攏，連忙說：「你在說什麼啊？你才應該出來吧！快點，這個洞越來越小了！」

姜子牙這才注意到洞口的變化，立刻著急了起來，伸出雙手，拚命喊：「阿揚，快過來！拜託！」

看見姜子牙急迫的態度，路揚猶豫了，照理說，自己才是能夠處理這種事情的人，怎麼也該聽他的，不過……

「路揚！」姜子牙又走上前一步，低吼：「你現在就給我出來！不然朋友沒得做啦！」

聞言，路揚笑了出，說：「如果我說就絕交好了，但你得過來這邊呢？」

「……我現在就過去揍死你！」

路揚大笑了一聲，在洞口僅剩下半人高的時候，他躍身穿越過去，落地滾了一圈，安然無恙地站在姜子牙身旁，連「剔」也漂浮在兩人身旁警戒。

過來以後，路揚第一個感覺是很熱，這邊的超市簡直像是個廢墟，貨架幾乎倒了一半，滿地都是毀損的商品，許多地方還焦黑一片，彷彿被火燒過，現場的溫度也確實頗高，周圍煙霧迷漫，只能看見幾步遠的距離，這裡就像個才剛被澆熄的火場。

路揚熱得額頭都開始出汗了，開始覺得自己八成做錯決定，陪好友下了烈火地獄的時候，卻猛然發覺一開始踏入超市感受到的那股刺骨寒意消失了！

姜子牙破口大罵：「你站在那邊幹嘛？剛剛你後面貨架上面擺的東西全部都是人頭和一大堆裝在玻璃罐裡的內臟啊！上頭還有標價耶！你都沒看見嗎？叫你過來還在那邊開玩笑，真想揍扁你這混帳！」

路揚一聽，不禁看了姜子牙的左眼，嘆道：「子牙你的左眼還真是好用啊！」

「好用個鬼！」姜子牙鐵青著臉說：「為什麼這間超市都變成這樣了，竟然還沒有警察來啊？」

路揚白了他一眼，說：「你以為警察局在隔壁啊？我接到你電話才三分鐘就趕來了，而且你確定警察進來就不會跑去剛剛那個賣人頭的超市？」

「三分鐘？」姜子牙一愣，說：「我是不確定過多久了，但我已經困在這裡起碼有三十分鐘了，絕對不可能是三分鐘！」

聞言，路揚也覺得不大對了，姜子牙渾身上下破的破黑的黑，再加上他剛才也沒提到超市有被破壞，現在卻是一副火災過後的樣子，說這一切是在三分鐘內發生的，確實不太可能。

「到底怎麼回事？」路揚開始覺得不太妙了，先是空間，再來是時間，全部都出了問題，這次遇到的「傢伙」未免太過驚人！

姜子牙搖頭說：「先別說了，快跟我去救人要緊！」

路揚一個點頭，明白地說：「那個叫林芝香的同學？」

聞言，姜子牙頓了一頓，一咬牙說：「不是，是救小雪！」

「誰是『小雪』？」路揚不解地問：「你剛在超市遇到的？」

「小雪是……」姜子牙有些不知所措的說：「是我的外甥女。」

路揚一聽立刻皺眉說：「那不是江姜嗎？你哪時又多了一個外甥女？」

姜子牙真的不知該怎麼解釋，尤其路揚拿著那把古劍的感覺就是降妖除魔的角色，而小雪怎麼看都是妖怪類啊！他深呼吸一口氣，說：「總之，小雪她為了讓我和林芝香逃走而被困住了，我得去救她才行！」

雖然滿肚子疑惑，但看好友堅定的態度，路揚還是沉著氣說：「知道了，她在哪？」

周圍煙霧迷漫，可見度只有幾公尺，但路揚認為，如果是姜子牙的話，說不定看得比自己遠多了。

姜子牙果真比了一個方向，說：「那邊。」

路揚仔細一看，那個方向的煙霧似乎偏深黑色，果真和其他霧氣不同，只是這裡的環境太糟糕，區區一點霧氣顏色不同，實在無法讓人特別注意。

注意到那陣霧氣的不對勁後，路揚才感覺到那股不祥的味道，忍不住問：「你看見什麼？」

「黑洞。」姜子牙有些無力地說：「又深又黑的洞，我剛剛好不容易鼓起勇氣要踏進去的時候，突然在玻璃倒影上看見你，嚇了我一大跳，還以為你變鬼了！」

「別在這種地方胡說八道！」路揚白了他一眼，說：「走！」

兩人朝著那姜子牙口中的黑洞前進，沒想到竟然還有點距離，這裡確實已經大得不像一間超市了。

「子牙，這裡不該是這樣，難道連你看不見真正的超市嗎？」

姜子牙也感到很疑惑。「這裡真的就是這樣，好像火災過後的現場，就是太大了，我也不知道怎麼回事，剛剛為了逃出去，跑了有十分鐘才找到大門。」

「既然找到大門了，幹嘛不出去啊！」路揚掐死好友的心都有了。

「因為小雪幫我和林芝香引走那些東西，叫我們先跑，說她隨後就來，但她沒有來，而且我和林芝香途中還走散了，我只是轉頭看個路，回頭她就不見了，也不能放著她不管吧？」

姜子牙低聲說：「阿揚，你真的有辦法處理吧？」雖然他不想拋下小雪和林芝香不管，但是更不想連累路揚。

那些……不只一個？路揚心頭一顫，他當然不是新手，但這一次，他還真的沒有把握。中午時分出現的死神；他踏入超市時渾然不覺入錯地方；三分鐘和三十分鐘的時間差……

他輕鬆的說：「我看起來像沒辦法處理的樣子嗎？」

姜子牙哭笑不得的說：「穿得像個雜誌上的模特兒、一張混血兒的臉加上中國古代的劍，你看起來連神棍都不像！」

「恭喜你，你指望幫忙救人的傢伙連個神棍都比不上。」路揚調侃完，忍不住問：「子牙，你一直說剔是古劍，你看見的剔是什麼模樣？」

「嗯？劍身就銀白色，劍柄是深古銅色，上面的裝飾有點像雲紋，那種形狀好像叫做如意？最底下還吊著一個小玉環和紅色的劍穗。」

描述到這裡，姜子牙忍不住問：「難道你看不見自己的劍嗎？」

「我看得見。」路揚看了身旁的剔一眼，眼神不禁變得柔和了一些，帶著遺憾的語氣說：「但大多是看見剔的光芒，其他只知道劍柄是深色，也看得見紅色劍穗，但是看不清你說的如意雲紋和玉環。」

姜子牙好奇的問：「你是從什麼時候開始有這把劍……啊！如果是不能說的事情就算了。」

路揚搔了搔臉，說：「我覺得應該是與生俱來，但我到了十二歲才把祂召喚出來。」他沉默了一下又低聲說：「我不是故意想瞞你，只是如果把這些事情告訴你，恐怕會把你拖進這些事情來。」

和御書說的話一模一樣。姜子牙拍了拍他的肩，安慰：「我知道，又沒有怪你的意思，你不能告訴我的事情就別說，不要擔心啦！」

路揚卻搖了搖頭，「現在得跟你說一些才行，你都牽扯得這麼深了，不能再什麼都不清楚，但是……」

他停下腳步，直視前方，讓剔進入備戰狀態。「先把現在的事情處理完再說！子牙，從現在開始，你盡可能把周圍景象和異狀都告訴我。」

「好。」姜子牙也不敢大意。

黑洞的入口就在兩人前方，這洞看似和剔剛才砍出的縫隙有異曲同工之妙，卻不像那條縫隙可以直接看見裡面的東西，而是一團渾沌與黑暗。

「我看不見洞裡有什麼，太黑了。」姜子牙有點氣餒。

路揚一個點頭，說：「那我先進去，你聽到我說『可以』的時候再進來。」

「不行！」姜子牙堅決反對，「你進去要是被伏擊，那我肯定也沒有好下場，不如我先進去，如果有事，你剛好可以進來救我！」

路揚一個揚眉，二話不說就衝進洞裡。

姜子牙愣了一愣，然後才反應過來，立刻上前兩步高喊：「喂！路揚！」

一隻手猛然從洞裡伸出來，將他扯進黑洞裡去，力道大得驚人，姜子牙來不及反應，只能踉蹌兩步被抓進去，他一進洞裡就被突來的光線刺得睜不開眼，但他也沒有閒著，右手立刻揮拳出去——

「是我啦！」這拳被擋了下來，還傳出十分熟悉的聲音。

看清楚是路揚後，姜子牙鬆了口氣，忍不住開口罵：「你幹嘛？要嚇死我啊！」

「抱歉抱歉，我是怕你在那邊又出了什麼意外，才急著把你抓過來。」

路揚還用輕鬆的語氣解釋，但眼神卻十分犀利的注視周圍狀況，渾身繃得死緊，劍也浮在身旁，隨時都可以揮砍，完全是備戰的狀態。

姜子牙很少看見路揚有這麼認真的神態，以前就算是對付來找碴的傢伙，通常路揚也掛著笑容揍扁對方，他這麼認真的神情不禁讓姜子牙有種不太適應的感覺。

「子牙，我看見周圍還是超市，你也是嗎？」路揚現在信姜子牙的眼睛遠超過於自己的。

又是超市！姜子牙覺得自己快瘋了，到底是什麼情況，這樣穿來穿去都是超市，只是狀況不太一樣而已。

「嗯，沒有毀損的超市，不過有點灰濛濛的，到處都積了好厚的灰塵。」姜子牙遲疑了一下，說：「但超市的大小好像恢復正常了，我看到大門口。」

「我也看到了，門口沒有異狀嗎？」

「沒有。」姜子牙特意觀察了一下才回答。

路揚皺眉說：「先出去看看。」

不先在超市內找找小雪和林芝香嗎？姜子牙想開口問，但是路揚的肅然神色阻止了他，對方看起來就是專業人士——不，「看起來」其實不太像，但是怎樣也有把劍飄在旁邊，他下的判斷一定比自己好。

兩人走出超市，外頭是熟悉的馬路街道，林立的大樓，面前是柏油路和車輛。

「天空在下雪？」姜子牙訝異地抬頭望天，看見點點灰白之物不停從天空落下，他忍不住伸手去接，落在掌心的卻不是冰冷的雪，而是一團黑色的灰，還有點溫熱。

「不對啊，這好像是灰塵，路揚——」

姜子牙幾乎不曾真正見過雪，有些無法肯定，轉過頭想問好友是不是也認為這是灰，但路揚的臉色難看到讓他嚇了一大跳。

「子牙，你也看見了嗎？這裡真的這麼大？有沒有什麼不對勁的地方？你看得見遠方嗎？」路揚接連好幾個問題，顯得非常急迫。

姜子牙抬起頭來，這是家附近的街道，對他來說再熟悉不過了，路揚的難看臉色讓他更仔細觀察周圍。

雖然有點灰濛濛，像是嚴重的空氣汙染，而且天空還不停的落灰，但是視線並不如剛才那個火災過後的超市那麼差，他還是可以看得很遠。

唯一不對的地方是安靜。

熟悉的街道應該是熱鬧到連超市都得二十四小時營業的地方，但周圍卻是一片寂然無聲。

馬路上，車子停在紅綠燈前，但過了這麼久也沒有動，就是停在柏油路上，車內自然也沒有人，彷彿開車開到一半，所有人都突然蒸發消失了，只把車子留在原地，還積了厚厚一層灰。

「嗯，看得見遠方，該有的都有了，只是多了灰塵，而且好像都沒人。」

雖然城市變得這麼安靜讓人有種不安的感覺，不過在這種地方要是跑出個人來，恐怕姜子牙也沒辦法真把對方當作是人。

「走，我們回超市裡去！」路揚立刻回頭，說：「子牙，注意觀察，找到出口，我們要立刻離開這裡！」

姜子牙一怔，問：「那小雪和林芝香呢？我們得去找她們——」

「顧不上她們了！」路揚竟有些氣急敗壞的說：「能夠弄出這麼大這麼精細的『界』，絕對不是我能夠對付的傢伙，再不走，連我們都走不了！」

聞言，姜子牙終於也明白事態嚴重，但是小雪、還有那位女同學……

路揚抓住他的手臂，焦急的請求：「這次換我拜託你，相信我，快走！你姐就只剩下你這個親人！」

「你把我爸放哪裡去了……」

「你爸都幾年沒出現啦？你們姐弟倆認識我的時間說不定比認識你爸還長！」

搞不好是真的。姜子牙覺得有點悶。

見他還不答應，路揚氣急敗壞的說：「子牙，想想看如果你出了事，你姐會有多傷心？」

姜子牙沉默不語，想到雙胞胎姐姐，想到自己若出了事——

腦海突然閃過姜玉的臉，卻是年紀小一點的她，滿臉髒汙，涕淚縱橫，眼淚和臉上的汙濁糊成一團，看起來慘不忍睹，她張大了嘴，聲嘶力竭的叫喊，悲痛萬分——

是那時候的事情，那場車禍……

「子牙？」路揚疑惑的喊：「怎麼了？你沒事吧？」

姜子牙猛地回過神來，面前哪有姜玉，分明只有面露擔憂的路揚。

他甩了甩頭，一想到姜玉會傷心，又不知怎麼著回想起那一幕，他真的沒辦法堅持了。

小雪，對不起……

姜子牙終於點頭答應：「我們離開吧。」

路揚鬆了口氣，但隨後又憂心的說：「還得先找到出口，要仰賴你的左眼——」

姜子牙突然打斷他的話，警戒的說：「阿揚，那邊有人。」

他比著對街的窗戶陽臺，雖然路揚什麼也沒看見，但他卻對姜子牙的眼睛有信心，既然他說看見了，那肯定有人！

如果是創造出這裡的人，那他們真的插翅也難飛！到底怎麼做才能從這裡逃出去？或者根本沒有辦法……

CH.4
路揚

「是誰在那裡？」

早晚都要面對，與其被偷襲，不如直接面對！路揚將劍橫在胸前，做好備戰狀態，雖然他希望最好別開戰。

姜子牙不知道自己能做什麼，但他仍舊站到路揚身旁，雖然對方似乎比較希望他站到後面去，但是幾次眼神示意都沒有用，也只能任由他了。

在兩人的注視之下，窗戶傳來一聲輕笑。「真是，竟然還是被發現了，看來我還是太過小瞧真實之眼了。」

姜子牙一怔，沒想到又從對方嘴裡聽見這個名詞，御書還真的沒唬弄他，自己的左眼還真的是什麼「真實之眼」，雖然他一點都不覺得自家左眼有資格叫這個名稱，總是看見稀奇古怪東西的眼睛到底為什麼叫做「真實之眼」？

對方走到陽臺上，穿著一襲十分華麗的袍子，玄色底，金紋飾邊，頭上還綁著髻，戴著一頂同樣玄底金雕小頭冠，看起來像中國古代服飾，但實在說不出是何朝何代的服飾，至少姜子牙和路揚認不出來，他們兩人頂多能看懂清朝的服飾，唐朝女性的薄紗裝可能也勉強看得出來，其他朝代就別提了。

那人的臉上還戴著一張面具，金黃色的面具，有著如日芒般的花紋，鼻頭特別突出尖銳，看起來像是鳥嘴。雖然戴著面具，但依身形來看，應該是個男人沒有錯。

他以輕鬆的姿態靠在欄杆上，說：「別緊張，這裡不是我們創造出來的，我們只是做了一個來到這裡的『門』而已，我可沒有這麼大能耐，可以創造出這個界。」他輕聲喃喃：「還沒有。」

「你到底是什麼人？」話雖這麼問，但路揚卻無法肯定對方是人。

「你不需要知道我是誰。」對方卻這麼回答：「你的目的不是這件事，就不需要節外生枝了，帶走你要的東西，然後忘卻一切。」

「我要的東西？」路揚不解了，他只是知道姜子牙陷入困境，所以來幫忙而已，現在人都在他旁邊了，兩人就差出不去而已。

姜子牙卻懂了，高喊：「小雪被你抓了嗎？把她還來！」

那人勾起嘴角，竟莫名地心情不錯的樣子，舉起食指比著兩人的身後——死神！

「SHIT！」路揚罵了一聲。陽臺上的那個傢伙，他已經完全沒有把握能夠應付了，現在還多了個死神，真的只能期待對方如言讓他們離開。

死神的手上竟然抱著一個人，他落到地上，將手上的人放到地面，然後緩緩後退了一步。

「是林芝香！」姜子牙立刻衝出去，路揚根本來不及阻止他，只能跟上前去。

「她還活著！」姜子牙低身查看一下，鬆了好大一口氣，畢竟人是他看丟的，對方真的出了事，恐怕自己真要良心不安一輩子。

路揚也感覺比較放鬆了，除了高興同學還活著，同時也隱隱覺得對方說不定真的會讓他們走，但他仍舊警戒的望著面前的死神，沉聲問：「你們到底對她做了什麼？」

他無法相信弄出這麼大陣仗，就為了把一個女孩帶走一陣子，然後就完好無缺的還回來。

就算這個界不是他們弄出來的，但是要創造一個門，進入別人的界，這要耗費的功夫也絕對不小！

死神如往常一般沉默不語，而是陽臺上的日芒面具人開口解釋：「我家的司命犯了個錯誤，領錯靈魂。」他有些責怪的看了對方一眼，繼續解釋：「所以他必須彌補錯誤，取走正確的魂魄，歸還拿錯的。」

司命？姜子牙一怔，他好像在哪裡聽過類似的稱呼。

面具人帶著歉意的說：「因為我方的疏忽，這女孩的魂魄被帶走了一部份，剩餘的也不再穩固地待在身體裡，於是被某些東西盯上，才發生今日的種種事情。」

「某些東西是說超市那些追我們的東西？」姜子牙質問：「那不是你們放的嗎？」

「絕對不是。」戴著日芒面具的人十分誠懇的說：「我發現你們被困住的時候，唯一做的事情只有做了個『門』，然後讓司命去找你們，可惜司命只找到她們兩個，你太會躲了，他找不到你。所以我做了出口，希望你們會發現，幸好如我所願。」

取錯了？歸還？門？姜子牙真是一點都聽不懂，既然林芝香沒事，如果小雪也安然無恙，那麼就——

路揚怒說：「取走正確的魂魄？所以果然是他殺了躺在醫院的女孩？」

日芒面具人嘆了一口氣，說：「你誤會了，司命並沒有殺死她，只是收走她的魂魄而已。」

「收走而已？」姜子牙站起身來，怒吼：「他是活生生的把一個女孩拖走！她掙扎得指甲都掉光，指尖的皮肉全部磨光，用手指前端的骨頭抓著地面，掙扎著不想被帶走，這樣還叫『只是收走她的靈魂』嗎！」

路揚一怔，不忍地看著姜子牙，雖然他知道姜子牙會看見這些東西，但對方從來沒有描述得這麼仔細，尤其是比較恐怖的景象，每次問他總說習慣了，但剛剛說的那種東西到底要怎麼才能看到習慣呢？

路揚當下決定如果能安全出去，以後不管姜子牙看見了什麼，都絕對要他說個清楚，不要自己悶在心底！

日芒面具男嘆了口氣。

「收取靈魂是司命的職責，但怎麼離開人世是人類自己的決定，是這位女孩認定自己死後會被死神殘酷地拖入地獄，於是才出現死神，才出現你說的那一幕。」

他微微一笑，說：「你，怪錯對象了。」

姜子牙一怔，無法確認這話的真偽，只得轉頭看了路揚一眼，對方卻也正皺眉思索。

「至於躺在醫院那一位，離開的方式似乎大不相同。」

日芒面具人朝死神點了個頭，死神的身周突然起了一陣風，把他那身不知是袍是煙霧的黑幕吹得四飛。

一見到對方有動靜，路揚立刻抱起林芝香，然後叫姜子牙往後退。

但死神並沒有接近他們，只是站在原地，飄飛的黑袍漸漸收攏，顏色越來越淺，而他的白骨臉竟開始長出皮膚，頂上生出蒼蒼斑白的髮絲，最後竟變成一個人，穿著樣式老舊的花布衣服，臉孔皺紋橫生，儼然就是個農村老婦人，正和藹的看著路揚和姜子牙。

兩人看得眼睛瞪大了一倍。

面具人饒有興味地說：「喔，看來她跟已逝的祖母感情很好，跟祖母離開，很不錯的方式呢！」

已逝的祖母……姜子牙突然想到自己的母親，如果是他的話，會不會也是跟著母親走呢？那似乎也是很不錯的方式——不對！他絕對不會走，不能留下姐一個人！

「為什麼你一定要收走她的魂魄？」姜子牙氣憤不已，自己有雙胞胎姐姐，那個女孩也一定有家人在等她！

「為什麼人一定會死呢？」他卻反問：「你知道，如果她的壽命已盡，卻沒人去收她的魂魄會如何嗎？那女孩躺在醫院的時間還不夠久到讓你了解後果？」

姜子牙和路揚皆是一怔。

他嘆了口氣，說：「你們走吧，這一切都與你們無關，這個女孩已經沒有問題了，她不會再遇到這些事情……喔不對，你們還不能走——」

日芒面具人突然從陽臺跳下來，不知他到底是如何移動，只見一道灰影猛然一個突進，轉眼間，他竟然已到了兩人面前，路揚立刻喊了一聲「剔」，但面具人一個擺手阻止。

「別動手，我沒有惡意，只是還個東西給他而已。」他指著姜子牙。

路揚卻反而放下林芝香，立刻擋在姜子牙的面前，根本不打算讓他和姜子牙面對面，那人只是微微一笑，從懷中拿出一個東西來，遞了出去。

「這應該是你的東西吧？」

姜子牙低頭一看，那是一個洋娃娃，白色的頭髮，藍色的大眼睛還有白皮膚，身上穿著一件做工頗精細的小洋裝，雖然娃娃保存得很好，但不免有點碰觸的髒灰，整體看起來有些年份了。

「是我的沒錯。」姜子牙不動聲色地說。

路揚回頭望了他一眼，有些詫異，但終究沒說什麼，只是在姜子牙從自己身後走出來，伸手去拿那隻洋娃娃的時候，剔就在一旁，隨時可以揮砍。

當姜子牙拿著娃娃回來的時候，路揚警戒的問：「我們可以離開了吧？」

日芒面具人兩手一擺，說：「請。」

「門口在哪裡？」路揚沉著氣問。

「從哪裡來，就從哪裡回去，這不是很簡單的事情嗎？」

姜子牙反射性回頭一望，超市內燈火通明，和外頭落灰的世界大不相同，他連忙拍了拍好友的肩膀，欣喜的說：「路揚！超市裡面有人，是真的人！」

路揚「嗯」了一聲，說：「我們走，你幫我抱這個女同學。」

姜子牙正想說自己還得拿著小雪，卻看見他戒備的模樣，只得把娃娃朝林芝香的肚腹一放，再把她抱起來。

「要走了嗎？」姜子牙嘗試的問。

路揚催促：「嗯，你抱著人，先進去。」

聞言，姜子牙也只能率先走進超市門口，他一走進去，回頭張望，滿臉訝異的表情，也不管旁人的古怪眼神，他先把林芝香放到地上，隨即往回走，穿越玻璃自動門，但卻沒有回到路揚所在的地方。

姜子牙再次進了超市，瞪著玻璃門，雖然到不了，但他似乎能夠看見路揚。

「先別走。」

「這笨蛋。」路揚忍不住笑著搖了搖頭，跨步打算過去，背後的人卻喊住了他。

還是沒那麼簡單就度過這次危機。路揚的心沉了下去，但剔卻緩緩上升，他轉過身，已經做好大打一場的準備。

日芒面具人卻仍站在原地，看起來完全沒有動手的意思，一旁的死神也仍舊是待在稍遠的地方，並沒有過來。

面具人低聲說：「你要讓他遠離不祥的事物，那些在超市追他們的傢伙原本沒有這麼強大，但他看見了它們……」

「看見了又如何？」路揚不解的說：「子牙沒有做任何事。」

對方微微一笑，朝旁邊一看，說：「再仔細看看你的劍。」

路揚扭頭朝剔一看，驚訝地幾乎說不出話來，一路走來，雖然讓剔隨時伴在身旁警戒，但卻沒有時間仔細觀察祂。

路揚忍不住伸手去碰觸祂，手指卻還是穿透過去了，一如往常，只有一點異樣的、好像那裡的空氣特別凝重，但卻仍舊摸不到任何東西。

但劍柄真是如意雲紋，子牙說的沒有錯。

路揚終於明白，姜子牙的眼似乎不只有看見的能力……他轉頭看向提醒自己的人，但周圍哪還有人，只剩下他以及寂靜無聲的落灰世界。

砰！

路揚立刻回頭，背後，姜子牙用手捶著門，臉色看起來萬分著急，但他一捶，自動門就打開來，他變得更慌張了。

「剔，給我力量……」路揚忍不住喃喃：「給我力量！」

自動門一開，路揚走進超市來。

姜子牙放下心來，立刻破口大罵：「我快被你嚇死啦！幹嘛一直不出來？」

路揚拍了拍他的肩，卻越過他，對著後面說：「不好意思，地上是我們的同學，她剛剛突然暈倒了，請問可以幫忙叫救護車嗎？」

姜子牙回頭一看，後頭是臉色十分難看的超市店員，還有幾個用古怪眼神看著他的客人。

「對不起，我們不知該怎麼辦，都慌了。」路揚一臉歉意的請求：「麻煩幫忙叫救護車了。」

見狀，姜子牙也連忙低頭做出滿臉歉意的姿態，見狀，店員低頭看了地上的女孩一眼，也軟化下來了，點頭說：「我現在就去打電話。」

一旁傳來客人的竊竊私語：「還以為他把人家女孩子怎麼了，是要叫救護車就好，剛剛這個男的真是嚇死人……」

姜子牙滿臉通紅，低垂著頭完全不敢抬起來，直到手機傳來姜玉的聲音。

「子牙你好了嗎？我們買好消夜了喔！」

「我姐打電話來說他們到超市了，讓我出去。」

姜子牙覺得這樣拋下林芝香和路揚，完全不對，但是……他瞄了林芝香身旁的娃娃，在他回頭望見路揚沒出來，急忙把對方放下的時候，娃娃就掉在地上了。

路揚「嗯」了一聲說：「你先走吧，我在這等救護車就好，我看她的臉色應該沒什麼事，不用擔心。」

「喔，那我就先走了。」說完，姜子牙立刻跑去撿起娃娃，面對路揚冷靜的臉色，他有點手足無措的說：「掰啦！呃，這是我姐以前的娃娃。」

他解釋了一下，幸好路揚也沒有多問，只是點了點頭，揮手說：「晚安了，明天課堂見。」

「喔，好。」姜子牙有些奇怪的看著對方，他還以為路揚一定會問，結果竟然這麼容易過關。

抱著一隻娃娃，姜子牙在後面眾人古怪的眼神之下邁出超市，他走得很慢，邊走還邊低聲說：「小雪？快變回原來的樣子，姐他們來了啦！」

懷中的洋娃娃突然扭動了一下，姜子牙嚇了一大跳，勉強忍住想把娃娃丟出去的衝動，任由娃娃在懷中蠕動。

「慢……哥、走慢點……」懷裡的娃娃努力擠出話來。

姜子牙覺得自己已經在太空漫步了，後方射來無數懷疑的眼神，最銳利的那雙眼睛肯定是路揚的，再慢下去，應該會被以為吸毒恍惚了吧！

他只好停下來，左張右望，假裝看車子停在哪，雖然姜玉老早就說停在左手邊。懷中的感覺越來越奇怪。

洋娃娃和真正小女孩的觸感完全不一樣，但姜子牙現在同時感覺到兩種截然不同的觸感，有些地方是布料和軟綿綿的棉花，有些卻是滑嫩的皮膚和軟彈的肌肉，甚至還有交界處……

姜子牙努力放空腦袋，也不敢低頭看，他不想以後看見小雪就想到她「變身」的過程。

「好了嗎？」感覺差不多了，姜子牙才開口問。

「好了。」小雪小聲說。

姜子牙低頭一看，懷中果然是可愛的三歲小女孩——除去關節不看的話。

小雪回身緊緊抱住姜子牙，帶著害怕的嗓音說：「哥哥真的來救我了！」

救她……其實自己什麼事都沒做，又突然想到對門的御書和管家，想到自己會來超市就是和他們做了約定，姜子牙頓時覺得胸口一陣發悶。

「你們感情真好耶！」

姜子牙抬頭一看，姐姐笑瞇瞇的站在藍色休旅車旁邊，懷裡抱著江姜，小女孩眼睛睜得大大的看著他們兩個，就像個不知發生什麼事的孩子。

「你們感情這麼好，小心江姜吃醋喔！」姜玉悶笑的說。

江姜嘟起嘴來，抗議：「江姜有媽媽！才不吃醋！」

「唉，一個有哥哥一個有媽媽，爸爸我好傷心啊！」下了車的江其兵大嘆，同時從姜玉的手上把江姜接過來，放到車上的兒童座椅。

「爸爸有我們啊！」江姜認真的說：「爸爸最好了，有我們喔！」

江其兵一怔，哈哈大笑：「江姜說得真好！我有老婆、有弟弟，還有一雙寶貝女兒，果然是最好！」

姜子牙一聽，眼眶都酸了。

其實根本就不好，他們姐弟的經濟狀況本來就不太好，雖然老爸偶爾會寄錢回來，但還是得省吃儉用外加打工，才能應付兩人的生活費、學費，還有這間小公寓的房貸。姐夫娶了他姐以後，不但把家裡的開銷和房貸接手了，連自己的學費都得負擔，大學的開銷又大，雖然姐夫不太談他現在的工作，但他若不是出外上班，否則就是在家繼續工作。

姜子牙光看都覺得很辛苦，但他又幫不上太多忙，只能努力把書念好，然後偶爾兼差打工應付書籍課本的費用，那些該死的厚重的外文書本本都貴得要命！

「走啦，回家吃宵夜囉！」

姜子牙把小雪也放到雙人兒童座椅上。

兩個小女孩排排坐，剩下的空間已經不多，對姜子牙來說實在嫌太小了，他得把左手環在座椅上方的靠墊才會覺得舒服一點。

但姜子牙卻不以為苦，不時和旁邊兩隻小女孩嬉笑玩鬧，前方的姐夫專心開車，姐姐則偶爾和他說話，不時轉頭張望弟弟和女兒，嘴角始終含著甜甜的微笑。

姜子牙頓時明白姐夫說的「果然是最好」，這樣的生活少了小雪，也許還是可以保持不變，也許只是兒童座椅從雙人座變成單人座，但是……

真的不能讓小雪真正成為他家的一份子嗎？

節之二・尖叫

時間實在太晚了，但一家人卻都還沒有閒下來，姜玉忙著收拾消夜留下的碗盤，江其兵又去工作了，姜子牙則幫忙哄著兩個小女孩睡覺。

「小雪，要怎麼樣，妳才能成真？」他終於忍不住開口問。

小雪愣了一愣，怯怯地說：「我、我也不知道。」

姜子牙揪緊眉頭，轉頭看床上的另一個女娃，問：「江姜妳知道嗎？妳已經成了真，一定知道要怎麼成真吧？」

江姜一張小臉上滿是疑惑，不解的問：「哥哥說什麼？江姜不懂。」

姜子牙還想繼續問，卻突然想起御書的叮嚀——最好遺忘。

「沒事。」他停下來不再提了，不管如何，底線都是不能賠上江姜。「妳們乖乖睡覺，哥哥等等有事要做。」

兩個女孩很乖巧的答應了，大概也不常這麼晚睡，是真的睏了，姜子牙不過多待個三分鐘，她倆已經閉眼睡著了。

姜子牙走到客廳，姐夫仍舊在工作，姐姐則坐在一旁，靜靜地陪著丈夫，一看到姜子牙走進來，兩人都抬頭注視他。

「她們已經睡了。」

「多謝了。」江其兵終於闔上筆記型電腦，關心的說：「你也快去睡，明天還要上課吧？」

「喔，明天十點的課，不急，我要打個電話給路揚。」

聞言，江其兵只是搖頭說：「年輕人，就是不喜歡早睡。」

兩人離開客廳後，姜子牙這才趕忙打電話，一接通，他立刻快速地說：「管家，是你沒錯吧？我是姜子牙，拜託別跟御書說我打了電話，她在你旁邊嗎？」

「主人正在洗澡。」

聽到這回答，姜子牙鬆了口氣，他就覺得御書這麼懶的人，一定不會主動接電話，還正好遇上對方洗澡不在，這可真是好時機！

「那正好，我有個問題想要問你，要怎麼樣才能讓小雪變成真的人？」

「喚名一次成幻，兩次成虛，三次終成真。」

聽到這早就聽過好幾次的句子，姜子牙感覺有點無力，「我早就叫過小雪的名字幾百次了，何止三次而已，我姐也整天喊著小雪，為什麼她還是不能成真？」

管家沉默了一下，說：「不是一般的叫法。」

「那該怎麼叫？」姜子牙正是想問這個問題。

管家困惑的說：「我不知道……不，我知道，但我不知道該怎麼解釋，大概就是你必須相信她的存在。」

「我相信小雪存在啊！」姜子牙更不懂了，小雪就站在他面前，他怎麼會懷疑她的存在。

「你必須忘記她不是人。」

忘記？姜子牙一怔，這種事情怎麼可能忘記？再健忘的人也不可能忘記就在眼前晃來晃去的東西吧？而且他還那麼清楚的看見她的關節，哪有可能忘記啦——等等，不對，他就忘了江姜的事情。

但江姜真是假的嗎？他還是不願意相信，雖然陸續有些證據出爐，但他明明就有江姜的記憶，而且家裡面有這麼多小女孩的用品，怎麼會沒有江姜？

「姜……子牙。」管家喊得有些遲疑，他並不常和御書以外的人有交流，除了「主人」以外的稱呼幾乎不曾說過。

「你下午說看過了主人的書，那麼你已經知道我真正的名字，是嗎？」

正在苦惱的時候聽到這問題，姜子牙隨口就回答：「知道啊，不就是朝……」他猛然住了口，背後頓時冒出許多冷汗來。

話筒傳來嘆息。

「別擔心，喚名沒有這麼簡單，我只是想再聽一次『名字』。」
再？姜子牙脫口：「是御書喚過你的名字？」
「是的，主人把我喚出來，但我卻不記得那個名字，只記得聽到時，宛如活過來——啊，水聲消失了，主人可能快出來了，如果你不願讓主人知道，恐怕我得掛斷電話。」
姜子牙連忙問：「最後一個問題，可不可以不燒小雪？」
「主人很少在意她寫的書以外的事情，但這次似乎難得認真了，恐怕你不容易打消她的念頭——浴室門開了。」
電話傳來「嘟嘟嘟」掛斷的聲音，姜子牙也無可奈何，這通電話基本上白打了，他還是不懂要怎麼讓小雪成真。
他正皺著頭思考時，眼尾突然瞄到牆上的玻璃畫框反射出一個小小的人影，姜子牙猛然回頭過去，一個小女孩就站在他的背後，大眼睛眨也不眨地直盯著他。
雖然對方什麼話也沒有說，但姜子牙還是感到有點心虛，說：「江姜，怎麼還不去睡覺？現在已經很晚囉，小心媽媽罵妳。」
小女孩乖乖地回答：「想尿尿。」
「去完了？」

江姜點了點頭，姜子牙走上前去，說：「走，哥哥帶妳回房間。」她卻沒有回應，輕聲說：「哥哥，我喜歡小雪。」

姜子牙沉默了一下，回答：「我也喜歡小雪。」

江姜笑了，用力點點頭，伸出雙手要抱抱，姜子牙上前把她抱回房間，小雪仍舊躺在床上，睡得正熟——娃娃也需要睡覺嗎？

姜子牙把江姜也放上床，兩個小女孩一左一右躺好，兩張相同的可愛臉蛋，穿著同款不同色的睡衣，看起來真是可愛無比。

這樣一對雙胞胎不是很好嗎？就算不是真的也沒有關係吧？御書不也說只要不記得是假的，讓江姜就這麼長大，很有可能就沒有問題了，小雪難道就不行嗎？

至於什麼殺人鬼娃娃，姜子牙有那個自信他不會亂想。好，就明天！明天就過去跟御書說他不想燒小雪了，如果她要蠻幹，就、就威脅她要報警好了！

再次看了兩個小女孩可愛的睡臉，姜子牙更堅定自己的決定了，他轉身將燈轉成小夜燈，正要出房間的時候，卻突然有種異樣的感覺——背後似乎有人。

其實他很常有這種感覺，也問過別人，知道這並不是什麼奇怪的事情，大家或多或少都會有過經驗，當站在黑暗中，總覺得背後似乎有雙眼睛正默默窺視，差別只在於別人回過頭去，身後通常沒有東西，只是一種錯覺，而他回頭總是……

他深呼吸一口氣，猛然回頭朝陽臺一看——

「路、路揚？」

姜子牙看清對方後，目瞪口呆了好一陣子，惱怒的低聲罵：「你默默站在我背後幹嘛？差點嚇死我——不對，你是怎麼進來的？」

「爬上來的。」路揚簡單的解釋。

爬……我家又不是一樓二樓，這裡可是十幾樓啊！你不但會降妖除魔，還是可以飛簷走壁的怪盜來著嗎？

姜子牙發現自己對這個朋友的了解真的薄得像一張紙。

這時，路揚的視線移向床上的雙胞胎，神色肅然，姜子牙對這種臉色並不陌生，他面對死神的時候就是這張臉。

姜子牙努力移動到床前，擋住身後的雙胞胎。

「先到我房裡去談談。」他低聲說，帶著懇求的意味。

讓他鬆了一口氣的是路揚並沒有反對，甚至率先離開房間，他剛才實在很擔心那把「剔」會突然出現，二話不說就把小雪滅了，讓他連阻止都來不及。

回到房間，路揚立刻發難了，質問：「姜子牙，你要不要自己交代一下那是什麼東西？」

「你在說什麼啊？」姜子牙還試圖隱瞞，或許路揚並不是那麼肯定，可能只是一種試探，而且他也不確定路揚到底是只有發現小雪不對勁，或者是連江姜的事情都發現了。

「躺在江姜旁邊的那一個！」路揚強硬的提醒。

江姜的事情似乎沒有曝光。姜子牙覺得鬆口氣，卻又緊張小雪的處境，連忙說：「那也是我的外甥女小雪啊！」

「你外甥女？」路揚怒斥：「她根本不是人！子牙你被騙——」

說到這裡，他突然覺得不對了，感覺奇怪的說：「連我都看得見，你不可能被她騙，她不是你的外甥女，只是一個器妖！」

器什麼？姜子牙愣了一愣，還真是第一次聽到這個詞。

眼見唬弄不過去，他只能努力幫小雪辯解：「我不知道你說的器妖是什麼，但是小雪她沒害我，還救了我！剛才在超市如果不是她引走那些東西，我和林芝香都死定了！」

路揚憤怒的說：「她引走？你就這麼確定這不是她設下的局？」

姜子牙一怔，他還真的沒有想過這種可能性，但仔細一想，他卻反而覺得這不會是小雪做的事情。

「她連『虛』都不是啊！你不是也說創造出那個超市的人是你沒辦法對付的人？小雪根本沒有那種能力吧！」

路揚一怔，用奇怪的語氣說：「你竟然連『虛』都知道了？誰告訴你的？你到底是什麼時候牽扯得這麼深？」

姜子牙也不太明白，好像是前幾天回家發現多了一個小女孩的時候，世界就變了，本來只是他的左眼很奇怪，這幾天才發現奇怪的東西說不定其實是整個世界。

「還是你其實早就知道這一切？」路揚有點遲疑地說。

姜子牙沒好氣的說：「怎麼可能啊！那在超市的時候還需要你來救我嗎？我自己就拯救世界了啦！」

「那倒是不一定，你怎麼看也是輔助型，不是戰鬥型。」

「我還是祭師幫你補血呢！你玩遊戲啊你！」雖然姜子牙沒接觸過遊戲，不過聽同學說也能知道幾個名詞。

一陣胡話說下來，兩人之間的氣氛總算沒那麼針鋒相對，路揚嘆氣道：「子牙，你沒辦法控制她。」

「我不想控制她！」姜子牙壓根就沒那麼想過。「只是想讓她也成為我姐的女兒而已。」

路揚煩心的說：「子牙，拜託你絕對不能把那種東西留在家裡，也許她現在不想傷你，但是器妖會誕生都是因為強大的執著，如果不是愛，那就是怨恨，你已經弄懂你家的是哪一種嗎？」

當然沒有。姜子牙真的沒想過小雪是怎麼「誕生」出來的，在搞懂她是姜玉以前玩的娃娃後，他以為只是放久就活了……但如果是這樣，那滿世界都是娃娃變成的人了吧？

為了說服姜子牙，路揚仔細解釋：「我遇過的器妖，十之八九都是因為恨而誕生，唯一剩下的那一個，或許不會傷害他愛的對象，但是他會傷害每一個靠近那名對象的人。」他的語氣變得嚴厲，「所以一定要燒掉她！」

燒燒燒，為什麼每個人都要燒小雪！姜子牙憤怒地瞪著對方，一字一字地說：「她救過我！」

「她也有可能殺了你！」路揚比他更堅持，說：「還有你最愛的家人！最有可能的人是江姜，因為她可以取而代之。她愛的對象應該不是江姜吧？雖然不是絕對，但器妖大多需要一段時間才能形成，江姜太小了，不會是她！多半是你姐？」

猜得真準。

路揚一看他的反應就知道自己猜對了，更進一步說：「為了獨佔你姐，她很有可能會傷害江姜，難道你不擔心江姜的安危嗎？」
姜子牙有苦說不出。
到目前看起來，江姜說不定揮一揮手，小雪就變塵埃了，他要擔心也是擔心小雪的安危，壓根都不會擔心江姜。
路揚煩惱的說：「我不想看你因為一時心軟而出事！相信我，我看過太多例子了，這些器妖最後只會導致悲慘的結果，他們很多都不是有意要傷人，我知道！但真的、最後都只有悲劇收場！」
姜子牙怔怔地看著路揚。你到底經歷過什麼？
「她救過我，而且我姐他們很愛小雪啊！」
「他們不會記得的，如果照你所說，如果她連『虛』都不是，那照理說，她沒辦法影響到太多人的記憶，等她不存在了，你姐和姐夫就會恢復原本的記憶，他們甚至不會記得她。」
說到這，路揚不打算再拖泥帶水，說：「我去收拾她，你在這等著。」
姜子牙立刻衝上前去拉住路揚。
不管怎麼樣，他都不能讓對方現在動手，江姜也在那裡，如果她為了保護小雪而做了什麼，路揚說不定也會發現江姜的不對勁。

江姜是底線。

他姐和姐夫需要江姜，不管她是什麼，都絕對不能出事！

「……你不相信我說的話嗎？」

姜子牙認真地看著路揚，說：「我相信你。」

路揚死繃的臉終於放鬆了一些。

「但別在我家動手，如果吵醒我姐和姐夫，讓他們看到這一幕該怎麼辦？你先離開，我、我……」姜子牙一個咬牙說：「我再把她騙出去，你在外面動手！」

聞言，路揚也覺得有道理，就算是伏擊，他也沒有把握瞬間制服對方，如果讓姜玉和江其兵看見了，那真的不太好解釋，他可沒有操縱記憶的能力。

他點了點頭，提醒：「嗯，但越快越好。」

越快越……姜子牙的心頓時沉了下去。

叮咚！

管家正在掃地的時候，突然聽到門鈴聲，立刻把窗簾拉上，讓室內變得昏暗一些，然後拿著印章去開門。會來這個家的人十之八九是郵差。

門一開，姜子牙站在門外直視著他。

管家有些反應不過來，印章還舉在半空中，然後才微微一笑，道了「早安」。

姜子牙張了張嘴，卻有些說不出話來，只能先回應：「早。」

管家靜靜地站著等待，姜子牙朝他的身後一看，遲疑地說：「御書她……」

「主人還在睡覺，至少要十點半過後才會醒來。」

姜子牙鬆了口氣，連忙說：「管家！幫幫我，到底怎麼樣才能不燒掉小雪？」

管家偏了偏頭，說：「讓她成真，主人應該就不會想燒掉她了。」

「怎麼成真？」

「喚名一次——」

「好了好了我知道，後面不用講了。」

姜子牙有點無力，看著管家，他感到有些氣憤，忍住說：「你和小雪也是一樣的吧？御書自己都把你喚出來了，為什麼小雪就一定要被燒死？」

管家的臉色沒有什麼變化，他就事論事的說：「大概是因為主人有辦法控制我吧？如果我失去控制，她很輕易就可以讓我消失，所以不需要擔心。」

姜子牙一怔。

「而且我和『小雪』還是有差異性，她是器妖，器妖通常是比較危險的。」

還有分類？姜子牙訝異的問：「你不是器妖嗎？」

「不是的，我記得像我這一類的應該是叫做幻妖。」

姜子牙的興趣真的被引起來了，忍不住問：「器妖和幻妖的差別是什麼？」

管家思考的說：「主人給我的這方面知識並不多，我只知道自己沒有實體，但器妖一開始就是從實體器物誕生出來的，存在的時間多半很長，所以他們會比較強大。」

「而且他們是因為強大的執著而誕生，所以誕生時已經具備情感，比起幻妖，他們更有能力成為虛以上的存在。」

「你沒有嗎？」姜子牙突然開口問。

「什麼？」管家不解地看著他。

「感情，你沒有感情嗎？」姜子牙不太相信，一個活生生的人站在他面前——呃，除了左眼會不小心瞄見真相，總之就是一個會講話會應對會微笑的人，怎麼會沒有情感？

管家困惑了一下，回答：「我想應該是沒有的，主人喚醒我的時候，只有給我部分『知識』。據我所知，幻妖能夠產生情感的例子非常少，幾乎不可能成為虛以上的存在，所以——」

「所以他們的威脅性很低，不燒也無所謂，因為他們成不了『虛』。」

姜子牙一怔，御書從管家背後走出來，瞪著他不放。

她咄咄逼人的說：「你問管家這些問題，到底想做什麼？」

「我、我只是……」被抓個正著，姜子牙有些不知所措。

御書的臉沉了下去，質問：「你該不會想留著那隻娃娃吧？我告訴你，不准！我今天就下單訂娃，只要身體一到，立刻就去燒了她！」

聞言，姜子牙感覺怒不可遏。燒燒燒，每個人都想燒掉小雪，她到底做了什麼，她什麼壞事也沒有做啊！

姜子牙怒吼：「妳為什麼不自己去收拾小雪，既然妳連管家都可以創造出來，那應該有辦法吧？叫管家去燒自己的同類算什麼啊？」

「管家說了一堆，你還搞不懂嗎？他們不是同類！」御書沉下臉，說：「你不敢燒掉她，我就會想聽她被燒掉時的尖叫聲嗎？」

「她會尖叫嗎？」姜子牙只注意到最後幾個字，喃喃：「她會痛？娃娃也會痛嗎？」

御書沉默了一下後說：「是，她會尖叫，響徹雲霄，終歸寂靜。」

只是幾個字，卻讓姜子牙幾乎說不出話來。

御書嚴厲地說：「但我們還是得這麼幹！不然以後尖叫的人就是你和你姐，想要怎樣你自己選！」

御書、路揚，兩個根本不認識彼此的人都說了一樣的話——燒了小雪。

姜子牙還能怎麼辦？

如果只有他自己，他還可以拚一拚，賭小雪不會變，但是家裡還有姐姐和姐夫，他賭不起！

面對這種選擇題，姜子牙真的慌了，他不想殺人，就算小雪不是人，但她又哪裡不像人？

「為什麼這一切會突然發生？我不明白……為什麼我只是照平常那樣回家，卻突然變成這樣？」

御書冷哼一聲說：「抱怨什麼，人生本來就有很多意外，你以為那些被車撞的人就想被撞嗎？你的意外只是和一般人稍微不同而已，而且還有選擇的餘地，算不錯了！」

姜子牙沉默良久，才開口說：「如果……我是說如果！我和妳一樣可以控制小雪，那——」

御書惡狠狠地打斷他的話：「就是我也只敢讓管家成『幻』，你家小雪都快成

『虛』了，你就只有真實之眼，而且還只有一隻眼，控制個屁啊！你以為你可以變成雷射眼瞪死她嗎？」

「變成『虛』又怎麼樣？」

問題有夠多！

御書臉臭得像隔夜菜，勉強沉著氣說：「幻到虛，大概就是從小孩變成持槍特種部隊吧。」

這什麼比喻！跳得也太大了吧！

「等等，那『真』呢？」姜子牙突然感覺不太妙，他家還有個「真」啊！

「虛」才跳一階就變成持槍的特種部隊了，那「真」是啥？超人嗎？

御書皺緊眉頭，說：「『真』喔，據說不是變成真正的普通人，不然就是……」

她看見姜子牙認真地要聽，突然不想講了，沒好氣的說：「知道那麼多幹嘛！反正你家江姜看起來是變成人，你不用擔心『真』啦！要擔心那種根本遇不到的東西，你不如擔心騎機車會犁田還比較實際！」

不覺得自己說話都矛盾了嗎？什麼叫做遇不到，他家江姜不就是一個！

御書不耐揮了揮手，說：「乖乖去上你的學，你家的問題我會解決，算你走運，住在我對面！」

遲疑了一下，姜子牙還是開口說：「可是我同學也說要解決，他讓我把小雪騙出去。」

「嗯？你同學？你就確定他真的是要解決她？」

「你是什麼意思？」姜子牙聽出一點不太對勁的味道。

御書笑了一聲，說：「快成虛的器妖，如果你有手段，把她賣了，你會得到這輩子都沒見過的錢山，不過你只是個普通人，所以最好別讓人知道太多，不然你可能只會得到一堆強盜。」她頓了一頓，說：「會殺人的那一種。」

「路揚不會是強盜！」姜子牙很肯定這點。

御書「哼哼」兩聲不做評論，說：「由誰解決都沒差，反正我差不多也要一週才有辦法弄出另一個幻，一週後如果你和你家同學還沒有搞定，我再出手也不遲。」

沒有路揚也還有御書。姜子牙有種小雪根本插翅難飛的悲傷感。

「去上課吧，大學生！」御書打了個大哈欠，口齒不清的說：「我要去睡回籠覺了，八百年沒這麼早起。」

早個屁，現在都超過九點半了！

「我走了。」姜子牙忿忿地轉頭離開。

「喂！」

他停下腳步，回頭不解地望著御書，對方正懶洋洋的倚在門邊。

「跟以前一樣，裝作看不見，對你是最好的。」

姜子牙現在真的恨自己看得太清楚，如果看不見，如果不知道小雪是什麼，是不是就可以不用陷入現在的困境？

「妳說她會尖叫，所以光是看不見還不夠吧！」

他要裝瞎子，看不見小雪；要裝聾子，聽不見小雪的尖叫；這還不夠，他還得把良心丟了，才能夠騙小雪出來，交給他的同學去燒掉。

「那個……子牙、子牙啊？」

姜子牙正在把書放上書架，猛然聽見自己的名字，反射性回頭。

一個穿著圍裙、綁著小馬尾，臉上還戴著一副金框小眼鏡的男人正無奈的說：「你已經把那堆書放上架又拿下來好多次了囉？」

姜子牙愣了一愣，連忙把書再次放上去，說：「對不起，老闆，我恍神了。」

面前的人是九歌書店的老闆，傅太一。他關心的問：「怎麼啦？很少看你這麼失魂落魄的。」

「沒有啊，可能是昨天太晚睡吧……」姜子牙有點心虛的說，但這也是實話，昨晚想著小雪的事情，讓他根本睡不著覺，不知道躺到多晚才真正睡著。

太一搖頭嘆氣的說：「年輕人偶爾熬個夜就失魂落魄，你太虛了啦！我這老人家都沒那麼弱。」

最好是老人家！姜子牙的臉皮抽了一下，其實他不知道老闆到底幾歲，都有一個上小學的兒子了，照理說應該有點年紀，但看起來卻也沒比姐夫老，最多也是三十出頭吧？

但對於這個猜測，老闆只說他是娃娃臉，卻不肯說自己的年紀，說什麼隱瞞年齡是男人的浪漫。

「怎麼啦？」傅太一放柔了臉色，詢問：「你今天特別沉默，看起來好像不太對，來，有事就跟傅哥哥說。」

「……沒事。」

傅太一還是一臉關切，柔情萬分，只差沒說一句「想哭就到我懷裡哭」。

「真的沒事！」

「真的嗎？」傅太一還是不太願意相信，說：「什麼都可以說啊！尤其是那種和另一種性別之間的糾纏，傅哥哥我非常樂意幫你解答喔！」

「……」和小雪說不定也算和另一種性別之間的糾纏？「沒有糾纏啦！」

傅太一嘆了口氣，說：「你這樣不行啦，會變成高齡爸爸喔！」

「我才二十啊！」

「正是身強體健，有孩子的最好時機！」

姜子牙覺得老闆一定天生就有根神經接錯地方，腦袋才會這麼不對勁，傅君這個國小學生還比他爸成熟穩重，有時候他甚至會覺得自己的老闆其實應該是傅君，而不是傅太一。

「路揚同學今天是晚點過來嗎？」傅太一好奇的問，還帶著點不良的意圖。

姜子牙遲疑了一下，說：「不知道，他今天請假，沒有來上學。」

「生病嗎？」傅太一有點訝異。

姜子牙遲疑了一下。應該不是吧？昨天晚上還好好的。

「你沒打電話去問問看？」

傅太一真覺得有點奇怪了，這兩人常常同進同出，讓他都開始擔心這兩個男孩的感情會不會「太好了」，若不是路揚時不時跑去參加聯誼，他還真的會把兩人抓過來好好教育教育一番。

姜子牙有些心虛，他沒看到路揚來上課的時候，其實還鬆了口氣，因為這樣就不用交代自己何時要騙小雪出來了，所以當然也就沒有打電話去問。

姜子牙也不是不關心，只是覺得對方昨晚還好好的，只隔了一晚上，應該不會有什麼事情，所以不是很在意他曠課。

但是，現在經老闆一問，他也覺得有點不對勁了，路揚的外表看起來像是個愛玩的花花公子，但其實他很少曠課，就算成績不算太好，但其實也沒被當掉過，突然沒請假沒通知就不來上課，的確很奇怪。

「我現在打去問問看。」

傅太一立刻點頭，姜子牙有點無奈，別人家老闆是不准上班打私人電話，他家老闆是拚命鼓吹他打。

不過話說回來，老闆也有可能是想找路揚來看店，好讓他可以趁機翹班。

「沒人接。」姜子牙皺緊眉頭，開始感覺不太對了，路揚這個智慧型手機重度患者，沒什麼都行就是不能沒帶手機，電話怎麼可能會打不通？

「去他家看看，我放你假！」傅太一拍胸膛保證：「不過你記得回來的時候順道幫我買個烤雞翅，小東最喜歡的那一家。」

姜子牙尷尬的說：「可是我沒去過他家。」

「你沒去過？」傅太一詫異地說：「我以為你們兩個就只差沒提親了。」

老闆你一定有兩根以上的神經接錯啦！

「我有路揚家的地址，但不知道怎麼走。」

如果是路揚，大概開始用手機ＧＰＳ了，雖然姜子牙有傅君的手機，但他卻不知道該怎麼用那些複雜的功能。

「我看看地址。」

姜子牙把自己的手機遞給傅太一，對方一個皺眉，說：「呃，這地址好眼熟啊，我記得這裡好像是……唉，乾脆我帶你去好了，先把店關一關——」

「等一等！傅太一。」

兩人回頭一望，傅君正雙手環胸站在樓梯口，興師問罪的質問：「你又要關店去哪？」

傅太一誠懇無比的說：「今天路揚聽說沒去上學，我好擔心那個孩子，所以想說放子牙假，讓他過去探個病。」

等等，沒人說路揚生病了吧？姜子牙哭笑不得的看著自家老闆。

「偏偏子牙只知道地址卻不會走，所以我想說就抽個空帶他過去一趟。」

然後你就再也不會回來開店了吧！姜子牙有九點九成肯定。

傅君顯然也很清楚這點，他瞪著自家父親，說：「我帶子牙哥去就好，你顧店！」

傅太一立刻滿臉晴天霹靂，連忙說：「不、不行啦！你還是小學生耶！怎麼可以晚上在外面遊蕩呢！」

傅君一聽，立刻瞪著老爸，氣鼓鼓的說：「那你上次又叫我自己一個人去買烤雞翅給你當消夜，那時候就可以遊蕩嗎？」

姜子牙悲哀的看著自家老闆，還說什麼小東最愛的那家店，分明就是老闆自己想吃吧。

傅太一的臉皮再厚也沒法硬說自己要去，只得委屈萬分的說：「好啦，你去就你去，那你回家的時候記得買烤雞翅。」

傅君認真的點頭說：「好，你乖乖顧店，不准跑掉，要認真工作！要是我回來的時候，你沒有賣出任何書還是文具，我就自己一個人把雞翅吃光！」

傅太一又晴天霹靂了，大聲哀號：「哪有這樣的啦！要是真的沒客人上門呢？今天又不是週末！」

「不管你。」傅君抬起下巴，說：「沒賣東西就沒雞翅吃！」

姜子牙就知道這家店的老闆其實是傅君。

「你確定是這裡？」

姜子牙有些發愣，語氣是十足十的不確定。

傅君理直氣壯的說：「嗯！太一說是這裡，門牌上的地址就是對的，不然你自己看。」他比著一旁的門牌。

姜子牙早就看見了，但他還是不敢相信，路揚的家竟然是——

一座廟。

難怪路揚從來不找自己來他家。

廟門正上方的匾額寫著「清微宮」，姜子牙也分不清這是什麼廟，他總之是個拿起香就拜拜，連面前的神像都叫不出名號的那種信徒。

夜晚的廟裡沒有多少人，從廟門外看進去，只看見幾個老人搬了板凳矮桌在牆邊下棋，還有個老婦人正在掃地，這些人看起來都不像香客。

姜子牙只能硬著頭皮走進廟裡，他和傅君這樣一個國小學生的組合馬上就引來眾人的目光，他只得走向最近的掃地老婦人，說：「我想找我的大學同學，他叫做路揚，請問他是住在這裡嗎？」

老婦人看起來差不多有七八十歲了，一聽到姜子牙說的話，滿臉笑容地問：「你是小揚的同學喔？」

坐在牆邊的幾名老人也拉長了耳朵，目光更盯著姜子牙不放了。

姜子牙點了點頭，有些手足無措，他家沒有什麼長輩，所以他很不擅長和長輩們相處。

「奶奶，請問路揚哥哥在嗎？」傅君乖巧的幫忙解圍。

老婦人被這麼一叫，眉開眼笑的說：「你這孩子又可愛又乖！小揚他九點多就去上課，到現在還沒回來。」

姜子牙臉色一變。路揚根本就沒來上學！他是翹課又編理由騙家裡大人？

不，這種事情說是姜子牙自己做的還差不多，路揚出乎意料地非常喜歡去學校，雖然他的成績不算頂尖，他也曾說過家裡人並不在意他的成績如何，考上大學都算讀得太高沒必要。

現在回想起來，不用讀太高學歷的原因該不會是他要接手這座廟吧？

光是想到路揚那張混血兒外貌，加上時尚的打扮，說是模特兒都不會有人懷疑，來當這個……那叫什麼？廟公？

違和感都破表了啦！

不過這個違和感破表的廟公搞不好還真的有用……姜子牙想到路揚手上那把劍，覺得自己以後一定不能以貌取人，混血模特兒廟公都存在了，還有什麼不可能啊？

「你可以打他的電話啦！」老婦人熱心的提醒：「他一定會接啦！真的沒接到也會打回來給你。」

姜子牙左右為難，就是打不通才會過來啊！現在也不知道是不是路揚說謊翹課，雖然可能性很低，但姜子牙可不想成為

這時，傅君突然開口說：「我的手機給我。」

姜子牙從背包裡找出來給他，感覺鬆了口氣，他有點擔心這麼貴的東西要是被他

弄丟了，那真的會欲哭無淚，他還欠御書十萬也不知怎麼還錢啊！

「婆婆，你知道路揚下課後會去哪裡嗎？」姜子牙決定叫得年輕一點絕不會有錯。

老婦人笑著說：「你跟小揚叫我奶奶就好啦！我是他的外婆啦。」

原來是阿揚的外婆！姜子牙連忙補喊一聲：「奶奶。」

老婦人笑得比剛才被叫婆婆時更開心了，坐在牆邊幾名老人笑著說：「小春嫂就喜歡認小孫子。」

「沒辦法，她這麼喜歡孩子，可家裡就一個小揚嘛！」

這時，傅君拉了拉江子牙的衣服，遞上手機說：「打通路揚哥的手機了。」

姜子牙愣了一愣，接過手機，嘗試說：「阿揚？」

手機傳來路揚用驚訝的語氣說：「子牙，真的是你？你怎麼能打通？」

「為什麼不能打通？你在收訊很差的地方嗎——」

姜子牙猛然停下話來，他想起自己困在超市的時候，電話也是一直打不通，加上路揚翹課的事情，他頓時感覺非常不妙，立刻大喊：「阿揚，你在哪裡？該不會跟我一樣遇上『那些東西』了吧。」

手機傳來含糊的回答：「你在說什麼呀……」

聽到這種模糊不清的語氣，姜子牙立刻下了「路揚正打算說謊」的判斷，威脅的說：「你少給我打哈哈，不然我馬上告狀你今天根本沒去上課，而且現在身陷危險！我告訴你，我現在就在你家！」

旁邊的傅君看了他一眼，喊得這麼大聲，在場的人都聽見了，這狀貌似已經告完了？不知道是急得忘記了，還是故意的？

「你在我家？」路揚的聲音聽起來十分訝異。

「嗯！你沒來上課，電話打不通，我就過來了。」

手機傳來一口深呼吸的聲音，路揚的語氣聽起來十分不情願，「那你找我阿公，跟他說我遇到道上人，被困住了。」

「你被困住了？」姜子牙一驚，連忙問：「在哪裡？」

「你找我阿公聽。」路揚十分堅持的說：「反正你也幫不上忙！」

姜子牙氣結的吼：「我起碼有隻左眼沒廢好嗎！」

「難不成你要用一隻眼來幫我瞪死……總之我會……別做傻、事……」

手機突然出現大量雜音，不時蓋過路揚的話，讓姜子牙聽得斷斷續續，只能趕緊喊：「阿揚，我聽不清你說話，阿揚？」

不管再怎麼喊，最後電話還是斷了線，姜子牙只能照著路揚說的話去做，連忙詢問：「請問路揚的阿公在哪裡？」

小春嫂面帶擔憂地說：「我丈夫昨天就出去啊！電話打不通已經有一天了。」眾老人都搖頭說：「這對祖孫實在有夠像耶！」

鈴鈴鈴——

「阿揚？」姜子牙立刻接起電話，突來一陣雜音，音量大到讓他反射性就把手機拿遠一些，但他立刻又靠上去聽，急喊：「阿——」

「帶著那隻器妖，來換他。」

這不是路揚的聲音！有些低沉且粗糙的聲音，聽起來有點年紀。姜子牙愕然，疑惑的問：「你是誰？」

對方沒有回答，只是冷冷地說：「一個小時以內帶著那隻器妖過來換人，否則……」

一陣冷笑聽得姜子牙的心一路往下沉，對方困住路揚的原因是想要得到小雪？

「你才是把我困在超市的人！」姜子牙突然終於明白了，之前死神和那個面具人說的話是真的，他們沒有困住他，反而救了林芝香，還做了個門讓他們出去。

最重要的是——

路揚被困住的原因是因為他！

對方想要小雪，幹嘛不來抓他？抓路揚算什麼回事啊？

「給你半個小時把器妖騙出來，半小時後，我會告訴你在哪交換。」

對方說完就立刻掛斷電話，雖然姜子牙想回撥，但是卻因為沒有顯示號碼而無法撥打。

他根本不知該怎麼辦，這時，傅君搖了搖他的手，喊：「子牙哥。」

一抬起頭來就看見眾長輩正盯著他不放，一個一個都眼神犀利得根本不像老人家，姜子牙只能乖乖交代：「路揚被困住了，對方叫我帶、帶……」

他不知道該怎麼說那個「贖金」，總不能說綁匪要他帶自家的外甥女去交換路揚吧？不被懷疑都難！

坐在牆邊的老人大嘆：「那個蠢囝仔，阿路師早就教他講妖魔鬼怪不如人心敗壞，結果他還是被人陰到啊！實在是蠢！」

「話不是這麼說。」另一個老人不太贊同的說：「雖然小揚是有點憨憨，但是平常也做得不錯啦！」

「是多蠢！」小春嫂對眾人抓狂的尖叫：「我家小揚是多蠢啦！一個說蠢一個說憨，是多蠢多憨你跟我講啦！」

「失禮啦！小春嫂，不是那個意思啦！」眾人連忙道歉。

姜子牙急得有些聽不下去，如果對方不是老人家，他恐怕都揪著他們的領子，要他們快點想辦法了。「拜託，你們應該有辦法幫路揚吧？」

老人們搖頭嘆氣說：「小揚傻是傻——」

「傻啥！」小春嫂的尖叫響徹廟頂。

老人們紛紛一陣重咳，彷彿臨時得了重病。

姜子牙覺得有點絕望，這些老人家到底怎麼回事啊！路揚身陷險境，他們還有時間在這邊鬥嘴！

大約是看姜子牙的臉色實在太難看，其中一個老人嘆氣說：「小揚的實力真好，他哪是無法度，我們也無法度啦！除非他阿公去，不過阿路師不在，就算他在，也是不會睬小揚，讓他知道孫子被人陰，沒講一句『死好』就不錯啊！」

「他怎麼可以這樣罵路揚？」姜子牙很難相信一個做爺爺的居然會罵孫子去死。

「我丈夫以前也是自己一個走過來，小揚他媽到小揚，三代人都相同。」小春嫂嘆了口深深的氣，道：「這攏是命啦！少年耶，你免煩惱，小揚真的很厲害啦，他會自己解決，沒有問題啦！」

姜子牙氣憤的說：「如果他有辦法解決，那就會來上課，不是到現在還被困住，他已經被從早上困到現在，這還叫可以自己解決嗎？算了，不靠你們，我自己想辦法！」

他轉頭離開，完全不理會後方在喊：「等一等，你誤會啊啦，少年耶——」

傅君扭頭看了看，卻發現姜子牙的腳步飛快，他連忙跑步跟上去，直到兩人跑出廟門良久，喊：「子牙哥！」

姜子牙這才想起來傅君還跟著自己，他竟然沒想到對方，連忙停下腳步，回頭走到傅君，後者追得有些氣喘吁吁，讓他看得更是感覺自己不對。

他抱起傅君，兩人跳上機車，姜子牙一路狂飆蛇行，甚至還趁著沒車闖了紅燈，這讓傅君可驚訝了，他知道姜子牙平常有多守交通規則，方向燈都不會少打一次——因為不想收罰單。

到了半路，姜子牙先讓傅君下了車。

「小君，你去買烤雞翅給老闆吧。路上小心點，不要跟陌生人走，知道嗎？」

從烤雞翅店回九歌，一路都算挺明亮的也不遠，現在時間不算晚，而且傅君確實是超齡成熟的小學生，姜子牙這才放心讓他一個人回去。

他必須要立刻趕回家去，一個小時實在太短了！

傅君揮手道別，說：「掰掰，子牙哥，手機要開著喔！」

姜子牙這才想起來傅君的手機又回到自己身上了，他遲疑了一下，想起那人說半個小時會再打來，恐怕就是打這支手機，他沒辦法把手機還回去，而且也只有這支手機可以打通路揚的電話，雖然他不知道為什麼，也曾經有打不通的時候，但有個希望總是好的。

「手機再借我幾天。」姜子牙帶著歉意說。

傅君點了點頭，說：「本來就要借子牙哥你的啊！我不是說這幾天別還我嗎？」

姜子牙感激地笑笑，關上車門前，傅君突然喊住他。

「子牙哥。」

他不解地回頭看著傅君。

「手機不要離身喔！我會打電話給你。」傅君認真的說：「我會用太一的手機打給你，不管怎樣你都要接電話，一定要接。」

「……好。」

CH.5
管家

節之一・致命的邀約

嘟嘟嘟——

路揚看著斷訊的手機，揪緊眉頭，他開始覺得不對勁了，已經困在這裡很久了，若不是手上提著一袋早餐，裡面有罐奶茶，否則他真渴都能渴死！

對方似乎根本不打算和他面對面，只是把他困在這個地方動彈不得。

這是一個巷弄內的小型十字路口，位置就快到他就讀的大學，他一向習慣走這條去學校，而這偏偏又是個小巷弄，來往的人並不多，尤其是早上九點多，該上班的早就上班了，該上課的也不見得會走這裡。

所以把「界」設在這裡再好也不過。

這也正好堵到他的罩門，如果是戰鬥的話，他有自信能用剔斬斷絕大部分的對手，但是這種利用「界」困住他，界架構得非常完美，而幕後藏鏡人又根本不出現，他就真的是沒有辦法了，只能等對方無力再維持這個界。

路揚實在不是太擅長識破真偽，如果姜子牙在這裡——不！不能把一般人牽扯進來。

這是他一開始學會的第一個知識，也是必須要堅守的一點。

不過姜子牙還算一般人嗎？

以往他只是有隻不對勁的左眼，其他確實完全沒有牽扯，路揚很清楚這點，因為他調查過。

剛上高中時，路揚其實沒有立刻注意到姜子牙，對方很低調，安靜又沉默，除了成績很好以外，沒什麼引人注意的地方，而路揚則是從第一天就和班上同學開始打鬧了。

直到幾個幻妖出現在教室裡，平時，路揚根本不會去管低等的幻妖，說句簡單的就是太多了管不來，就跟蟑螂一樣，惹人厭但沒人會立志殺盡天下的蟑螂。

姜子牙看得見那些幻妖。

雖然他極力隱藏，徹底把「視若無睹」四個字執行到底，但總是免不了露出破綻。當那些東西出現時，他有時會不自覺瞄過去一眼，甚至比路揚更快察覺。

原本路揚以為遇到道上人了，所以刻意去接近，想探聽對方的來路，但最終卻發現姜子牙根本不是道上人，他只是有隻左眼在作怪而已。

調查清楚後，不知怎麼著，兩人也熟了。

路揚的事情，姜子牙從不多問，但卻喜歡說自己的事情，尤其路揚從不否決他看見的東西。

看見各種稀奇古怪的東西，懷疑自己精神有問題，偏偏去檢查的時候，連精神科醫生一聽他的情況，又聽到是學生，往往一口就說他裝病。

所以姜子牙只能努力當作看不見。

路揚第一次覺得有人比自己更加有苦說不出，他至少還有家裡人知道這些事，但姜子牙為了不讓姐姐擔心，硬是一個字也不提。

兩個完全不同性格的人交情卻變得很好，班上的同學都覺得很奇怪，但他們並不知道，姜子牙和他沒什麼不同，他們都能看見相同的東西，只是對方決定視而不見，他則是在晚上前去會一會這些煩死人的東西——

「給我出來，混帳！到底要困我到什麼時候！」

路揚完全暴怒，相同的十字路口何止走了九遍，他走了整整一天啊！還是找不出破綻在哪裡，實在懊惱自己對於「界」的不熟悉。

但他真的對於「界」沒天分，看著滿滿的構成原理和破解方式，他覺得自己每個字都看得懂，但是合成句子後就變成一種他不懂的語言了。他寧願去和剔交流二十四小時，過後累掛躺在地上都還比較愉快。

但是不好好用功，果然是有現世報的。

路揚有點懊惱，但也是有點而已，要維持界不是簡單的事情，雖然這個界不大，不像之前看見的落灰世界那麼離譜，但這裡也維持一天了，對方應該撐不了多久，而且八成沒有太多戰鬥能力，只能用界來困住他。

希望子牙明白他不會有事，可千萬別過來。路揚暗暗祈禱。

走了兩步，出了巷子口——正常應該是出巷子，但他卻是又進入巷子了。路揚索性坐下來，節省體力也好，畢竟他一整天就只吃了一份早餐。

這裡是條小巷弄，兩邊是城市很難得一見的磚牆，有很多樹從磚牆探頭出來，春花夏綠秋黃冬枯，所以雖然路途反而比較遠，但路揚非常喜歡走這裡。

前方五十公尺是一個小十字路口，右轉就是通往學校的路，但是一整天下來，他已經左轉右轉直走回頭，甚至爬牆不知多少次了，每次都會重新進到巷弄內，絲毫找不出破綻。

有一點讓路揚感到更疑惑，他每次走進來都是不同季節，氣溫沒什麼變化，但是兩旁的樹卻春夏秋冬不斷改變，這應該是個破解點，但他還是想不出來該怎麼辦。

「就跟你耗！」路揚一個咬牙，他只是餓了渴了點，但對方必須維持界，狀況絕對比他慘多了。

阿揚……

路揚抬起頭來，他似乎聽見姜子牙的聲音——該死，結果還是來了。

他站起身來，高喊：「子牙，你在哪？」

「隔壁。」

路揚站起身來，為了尋找出口，他已經跳過各面圍牆不下二十次，但他相信姜子牙的眼睛比自己的判斷力有用。

「你沒事吧？」他有點擔憂的問。

「當然沒事，有事的人是你吧？」

聽到回答，路揚鬆了口氣，開始覺得也許姜子牙來了也是件好事，至少自己可以早點回家吃飯，他實在又餓又渴，雖然從小的訓練讓他可以忍耐，不過可以不用忍當然是最好的。

「你怎麼找到我的？」

「沿著你上課的路找……」

路揚邊走邊聽姜子牙傳來的回應，朝著聲音來源前進，最後來到一面牆前面，聽著聲音很近，應該就是這裡了。

路揚讚嘆道：「我還真不知道你有這麼聰明，唉，這麼說也不對，你的成績一向很好。」

牆頭探出一顆熟悉的腦袋，不是姜子牙是誰？他露出微笑，伸出一隻手要來拉路

揚。

路揚感到有些好笑，以姜子牙的力氣，說不定他自己爬上去還比較簡單，但他還是抓住好友的手，開玩笑的說：「你可別故意把我摔下牆——」

他的話猛然停下來了，姜子牙的手冰冷得根本不像人手。

路揚想要抽身，但卻來不及，對方已經反手握住他的手腕，任憑他怎麼掙扎都掙不開。

姜子牙的笑容越來越濃，嘴角朝兩旁越拉越開，超過人類的極限，最後拉到耳邊，嘴微微張開，整張臉宛如從中裂成兩半，裂縫之間滿是尖銳的牙齒。

抓住路揚的那隻手更是牢不可破，根本不像是由皮肉組成的人手，堅固又冰冷，宛如手銬一般牢牢禁錮住路揚的手。

「SHIT！」

慘了，他上當了。

設了界整整一天，還設下幻妖陷阱，這種事情如果是一個人做的，那對方八成是閒得沒事幹才捉弄他。

路揚知道自己估計錯誤了，不是他——是他們！

「剔！斬斷這隻手！」

路揚怒吼，但卻沒有得到任何回應，剔完全沒有現身的跡象。

「來不及了喔！大哥哥。」對方不再是姜子牙的聲音，變成軟音軟調的童音，笑彎了眉，也笑彎裂縫般的嘴，開心的說：「你已經答應啦！所以進來跟我一起玩吧！」

路揚抬頭看著對方，知道自己滿足了必需條件——握住對方的手，答應了邀約……

著急又猛烈的敲門聲傳來的時候，管家正在收拾滿地上的洋芋片包裝袋，這次他沒有去拿印章，這麼晚了，多半不是郵差，他也猜到對方是誰了。

會來拜訪這個家的人除了郵差，現在還多了對門鄰居。

管家前去開門，門外的人完全不出乎他意料之外。

於是他主動說明：「主人出門了，似乎是出版社說稿子有什麼問題，所以她不得不出去一趟，應該快回來了，麻煩你稍等一下。」

姜子牙哪有空等，他只有一個小時啊！而且，御書會願意去救路揚嗎？

「那、那你跟我走！」姜子牙想不出辦法了，乾脆帶走管家，再加上小雪，這樣的陣容應該可以救路揚出來了吧？

管家有些訝異，說：「沒有主人的命令，我哪裡也不能去，而且我到人多的地方可能會露出破綻。」

姜子牙急得跳腳，不顧管家說了什麼話，他硬拉著對方出了房間——管家異常的輕，完全不像是一個成人，很輕易就被拉動了。

兩人站在大門口，姜子牙有些慌亂的說：「我、我得去找小雪，你在這裡等我好不好？」

他總不能把管家也拉進自己家，這樣肯定會被姐姐和姐夫懷疑。

管家站在原地，表情有點困惑，說：「站在這裡等你？但你不是我的主人，我不會聽從你的命令，我……」

「拜託！」姜子牙一個咬牙，說：「你不是想聽你的名字嗎？如果你幫我，我就把名字告訴你！」

「好，我答應你的邀約。」管家偏了偏頭，轉身把家裡的大門上鎖。

見狀，姜子牙鬆了好大一口氣，雖然那個「邀約」二字聽起來怪怪的。

管家搞定了，接下來就是小雪，他轉過身要回家——小雪和江姜正站在他的身後，兩個小女孩都是一樣的表情，嘟著小嘴，一臉厭惡的看著管家。

「哥哥你又要做什麼危險的事情了？」小雪不滿的高喊。

「小雪，拜託，幫我救路揚，妳還記得他嗎？他那天有來超市救我們，現在他被人抓走了，我得去救他才行！」

小雪不甘願地說：「在超市才不是被他救的呢！」

聞言，姜子牙有點說不出反駁的話來。總的來說好像確實不是被路揚救的，而是日芒面具人和被誤認為敵人的死神做了個門讓他們逃出超市。

「也許你該拜託的是另一位。」管家輕聲提醒：「器妖雖比幻妖強悍，但絕對比不上已成真的……」

姜子牙一僵，經過這麼多事情，他也知道另一個女娃似乎才是真正的大魔王，但她卻也是底線，無論如何，他都不會讓江姜過去！

對方的目的是要奪走小雪，如果再被他們發現江姜，那事情一定會變得更糟糕！

況且，江姜最好從現在開始就當個普通的小女孩，什麼虛幻真假都和她沒有關係，她得快些遺忘，像個普通小女孩一樣長大。

「小雪，拜託……」姜子牙還是只能懇求小雪。

「哥哥不要去。」卻是江姜回應了，她搖頭說：「好危險，你不要去。」

「他是我的朋友，就算有危險也得去！」

「朋友?是什麼?」江姜不解地看著他，問：「比媽媽重要嗎?」

朋友和媽媽……不對，對他來說是姐姐，但有人拿來這樣比的嗎?又不是兩個都掉到水裡了只能救一個——那他肯定叫路揚快游去救他姐!

姜子牙苦惱地說：「朋友就是、就是像妳和小雪一樣啊，如果她有危險，妳會去救她吧?」

江姜歪了歪頭，認真的說：「如果救小雪不會有危險，我就救她，如果會有危險的話，那我就不要救她了。」

聽到這話，姜子牙啞口無言，忍不住瞄了小雪一眼，對方嘟著嘴，卻沒說什麼，似乎不是很意外江姜會這麼說。

「有危險，哥哥就不要去。」

姜子牙搖了搖頭說：「不行!不管如何，我都得去救路揚。」

尤其對方又是因為他的事情才被人抓走。但這話，姜子牙卻不敢說，他不能說出對方要用路揚交換小雪，就怕小雪再也不肯去了。

小雪咬著下嘴唇，說：「那哥哥跟我打勾勾!如果我去幫忙，那哥哥你也要幫我變成真的人!」

「可是我根本不知道怎麼讓妳變成人。」猶豫再三，姜子牙還是老實交代了，他實在不想欺騙對方。
小雪嘟著嘴不說話。
「即使他知道，恐怕也做不到。」管家開口解釋：「我家主人說過，要成真是非常非常困難的事情，我不認為他有辦法做到。」
聽到這話，姜子牙突然有點疑惑，江姜到底是怎麼成真的？難道他姐的那個什麼「喚名」能力真的有那麼強嗎？
手機鈴聲突然響起來，姜子牙心頭一顫。半小時已經過去了？
接起電話，果真又是那種低沉粗糙的嗓音。
「到你念的大學圖書館頂樓來，你只有二十分鐘的時間趕過來。」
「什麼！不是說半小時嗎？」
姜子牙的話是說完了，但傳來的回應只有電話掛斷的「嘟嘟」聲，他忍不住怒吼一聲「混帳」。
「噓！」江姜把食指底在嘴唇前方，責怪的說：「哥哥小聲點，會被爸爸媽媽聽見喔！」
姜子牙覺得自己真是個徹底的蠢蛋，雖然家裡的隔音不算太差，但是直接在家門外面吼，還是很容易被聽見，他真的是比兩個三歲小女孩還不如！

聽見家裡似乎有些聲響，姜子牙的臉頓時黑了一半，只想快點拔腿離開，但是小雪……

姜子牙低頭看著小雪，她不知何時竟已默默走到他身旁，伸手拉住他的手。

「好啦！我跟哥哥去。」語氣有些不情願，但是卻還是牢牢地牽著哥哥的手。

姜子牙突然有些說不出話來，「小雪，我不知道自己能不能做到，但我一定會努力讓妳變成真人！」

小雪笑了出來，可愛無比，高興的「嗯」了一聲。

「既然小雪自己要去。」

江姜對兩人揮手道別，還交代：「小雪要好好保護哥哥喔！不然媽媽會傷心的。」

這兩句話還真是跳躍，雖然姜子牙還是聽得懂。他若出了事，他姐當然會傷心，但江姜妳在意的只有媽媽會傷心嗎……

姜子牙覺得有點想哭。

小雪點頭說：「好，我會保護哥哥。」

江姜卻不因此滿意，她伸出小指頭，說：「勾勾手，做約定！妳要保護哥哥，不然就不可以回來家裡。」

「人家說了會保護哥哥。」小雪嘟著嘴碎唸，心不甘情不願的勾手做了約定。

姜子牙看得有些疑惑，兩個小女孩的關係好像和他想像的有點出入——雖然說實話，他根本從來沒搞清楚過兩個女娃的事情。

一開始以為只是多了小雪，後來才發現江姜也有問題，而且她似乎還比小雪更加神秘……

現在重要的是路揚！已經沒有時間了！姜子牙甩去多餘的想法，抱起小雪就往樓下衝，只希望這兩個援手真的能夠幫他把路揚救出來。

節之二・界

姜子牙不常來圖書館，雖然自己大學的圖書館似乎很有名，不但藏書量多，大樓也完工沒幾年，各個地方都很新穎又舒適，可說是學生們的最愛。

但他下課後多半直衝九歌打工，做完清點上架的工作後就一邊顧店一邊念書，所以跟圖書館無緣。

時間已經過九點半，圖書館似乎快關了，學生正三三兩兩的離開，但他們經過姜子牙身旁的時候，全都不約而同地多望了一眼。

姜子牙的手上抱著一個將近七十公分的大娃娃，非常逼真，幾乎像是一個縮小的真人，娃娃穿著襯衫、小背心和西裝褲，模樣就和管家幾乎沒有兩樣。

走到最上方的樓層，姜子牙刻意等到沒什麼人了，這才偷偷走向通往頂樓的門，不知是否對方安排好了，這個門並沒有上鎖。

他推開門，出現一道往上的階梯，但因為裡頭很黑的緣故，只能看見眼前幾階樓梯，根本看不見盡頭。

「請先把我放到地上。」

姜子牙嚇了一大跳，這才意識到是自己手上的「管家」在說話，連忙照他說的話去做。

七十公分的娃娃瞬間恢復成一百八十公分的大男人。

姜子牙覺得自己再看一百次恐怕也不會習慣。

「哥哥讓他走前面。」

姜子牙回頭一望，小雪從他背後的大包包探頭出來，當然，是以娃娃的模樣，他的背包雖然不小，但也沒誇張到可以裝個小孩進去的地步。

「是的。」管家沒有異議的點了點頭，率先踏上階梯。

走了幾步，姜子牙就覺得周圍陰暗的方式很奇怪，要說全然沒有光線也不是，仍舊看得見自己的周圍，至少他都還能清楚看見走在前方的管家，但離自己大約三步遠的地方，就完全是一片黑暗，甚至感覺不出這裡有多大。

分明應該只是個樓梯間才對啊……

「別踩！」姜子牙低吼。

管家抬起來的腳就這樣停滯在半空中不動。

姜子牙連忙說：「往旁邊移動，不要踩那個地方，剛剛那裡閃過一個奇怪的圖案，我想還是不要踩下去比較好。」

當管家如言照做時，原本的落腳處真的浮出一枚圖案，血一般的紅色，宛如吶喊人臉的不祥圖形，然後猛然爆開，化成一堆紅色光點。

但這還不是結束，一路往上的階梯都浮出許多相同的圖案，隨後一口氣通通爆開來，那瞬間出現了一條血色的路。

小雪驚呼：「哥哥好厲害喔！破了他們設下的界入口呢！」

破了啥？姜子牙滿臉呆滯，他根本不知道發生什麼事，只是現在處境不太妙，所以反射性看到奇怪的東西就先喊暫停再說。

總之，這是好事吧？姜子牙有點不確定。

「如果我們陷在他們的界裡面，會看不見真實的狀況，他們既然約在頂樓，也許就抱著讓我們被界所迷惑，自己從頂樓跳下去。」

管家耐心的解釋：「不過就算沒有破除，界對你的效果原本就只有一半不到，你的眼睛可以看穿很多東西，如果你好好練習的話，界對你來說就是個笑話。主人是這麼說的。」

姜子牙決定回去抱著御書的大腿，求她教自己怎麼讓這個「界」變成笑話。

既然家中有了江姜和小雪，學校還有個路揚，姜子牙覺得自己絕對很需要「笑話」。

接下來就十分順利了，周圍不再陰暗得奇怪，就只是個普通的樓梯眼，沒走多久，通往頂樓的門就出現在眾人的眼前。

管家轉身仔細詢問：「這扇門有問題嗎？」

姜子牙上上下下掃描了好幾次，搖頭說：「沒有。」

小雪冷哼了一聲說：「看來他們也很聰明，不把入界的路徑放在最容易被檢查的門上，卻設在階梯上。」

路徑？姜子牙覺得這個世界越來越撲朔迷離了。

「要開門了嗎？」管家輕輕地說：「請您多小心一些，我只是個低等的幻妖，恐怕幫不上太多忙。」

姜子牙感覺十分緊張，但也只能硬著頭皮說：「開門！」

手一推，門發出年久失修的生鏽聲，在安靜的黑夜裡顯得格外刺耳。

一道影子飛快地爬過來，像是個巨大的爬行動物，仔細一看才發現那是具扭曲的人體，四肢朝著不可能的方向彎曲，爬行的速度飛快，全身爛了一半，露出大半血肉和森森白骨。

管家一步上前擋在姜子牙面前，那具爬行屍猛然停下來，不確定地看著管家，不敢輕易上前。

除了爬行屍，後面還有一具脖子斷了、頭正斜斜地垂在肩膀上的女屍，以及一具裂嘴的稻草人，他的臉上有一對活人的眼珠正骨碌碌地轉動。

大半夜若是看到這三個東西，被活生生嚇死都有可能。

果然是在超市出現的「那些東西」！

姜子牙當初困在超市時，嚇得只能和林芝香到處逃竄，還得靠小雪引開他們，這才勉強存活下來，但到現在，他卻感覺這三個鬼東西沒那麼恐怖了。

對方不過是和管家一樣的物種而已，只是管家比他們帥多了！

而且，該不會是因為破了那個什麼界的關係吧？姜子牙覺得眼前這幾具東西的破綻也太多，他可以看見那具爬行的腐爛屍體的皮膚上有著布料的織紋，眼眶甚至還有棉花穿出來，這根本是個裝棉花的破麻袋吧？

稻草人就真的是個稻草人，那對眼珠也真的是眼珠子，只是不會轉動，而且是灰白色的，看起來就是死物的眼睛。姜子牙希望那不是人眼。

至於女屍，那根本就是一個塑膠模特兒！

「呵呵，膽子倒是大了許多。」

一個人影從陰影處轉了出來，那是一個中年男人，年紀看起來約莫五十歲，沒有什麼特點，屬於看過一眼也不會記得的樣貌。

他冷冷地說：「把器妖交出來。」

姜子牙沉著氣說：「路揚在哪裡？」

對方朝身後一比。

一個人影被吊在架高的水塔下方，姜子牙一踏上頂樓就看見了。

「胡說八道，吊在那裡的人才不是路揚，你當我瞎的嗎？」

那人一怔，脫口：「你分辨得出來？」

姜子牙一驚。記得御書說過的話，不要把「真實之眼」的事情說出去……

「你的界已經被我破了，誰認不出來啊！」他硬著頭皮胡扯：「是你的功力太差了！」

中年男人的臉沉了下去。「倒是我小看了你，還以為你是個普通人，只是運氣得到一隻器妖，現在看來也是道上人，不過就算你是同道，那隻器妖我也要定了！交出來，或者你不要同伴的命？」

姜子牙怒吼：「我要看見活生生的路揚！不然什麼都免談！」

眼見假人被識破，中年男人也似乎沒打算在這點上糾纏，他朝稻草人和女屍揮了揮手，兩人走到大樓的邊緣，一左一右地把一個東西提起來。

那是路揚。

他的雙手都被手銬銬住，手銬中間的鏈條繞過欄杆，把他吊在大樓外側，因為全身重量都靠手腕支撐的關係，他的手腕部分全都鮮血淋漓。

「路揚！」姜子牙立刻大喊。

對方卻低垂著頭，沒有任何回應。

姜子牙惡狠狠地瞪著中年男人。

「他還活著。」中年男人冷冷地說：「不過再繼續吊下去就難說了，你把器妖交出來，我就離開，而且給你手銬的鑰匙。」

小雪就躲在姜子牙的背包裡，一動也不動，姜子牙不知道她聽到這話會有什麼感受，會不會真的以為自己要用她交換路揚？

姜子牙早就放棄「交換」這個選項了，不知道從何時開始，他就確定自己根本沒辦法那麼做，就算小雪不是人，但除了那個球型關節，她又哪點不像人？

姜子牙思索著，如果假裝把小雪交出去，先騙到手銬的鑰匙，再搶回小雪呢？

不，還是不行，他的身旁只有一個管家，對方不但有三隻妖……不對，如果吊在水塔下面的那隻都算上去，那是四隻！他根本沒有把握從中年男人手上搶回小雪。

到底該怎麼辦？

「我給你十秒鐘，把那個器妖給我！」

前方在催促，背後卻傳來輕到不能再輕的聲音，提醒：「哥哥，如果你親口答應把我給他，那就是做了約定，我就真的是他的了喔，可是只要你不答應，他就不能帶走我。」

姜子牙一僵，這才明白為什麼對方有四隻妖，卻沒有上前強搶。

他徹底陷入兩難境地，但卻清楚自己會選擇哪一邊，只是無法接受這個事實，畢竟小雪她跟著自己來了，就這麼沒有防備的來了……

中年男子沒有開始數秒，而是伸手到懷中，掏出一把槍來。

姜子牙瞪大了眼，這幾天以來，他過得一直都很「非現實」，突然出現一把「很現實」的手槍，他竟然有種比看見妖魔鬼怪還驚恐的感覺。

妖魔鬼怪只要了解就沒那麼恐怖，但槍這種東西就算了解，子彈打在身上還是要死啊！

中年男人將槍指向大樓邊緣，也就是路揚的所在，姜子牙明白他要做什麼了。

「十、九、八……」

姜子牙緩緩脫下背包，顫抖地把背包放到地上去，低聲說：「對不起，小雪，對不起……」

她沒有探出頭來，但背包裡頭傳來輕聲嗚咽。

中年男子面上一喜，問：「所以你把器妖給我了？」

姜子牙正要點頭答應，胸前口袋卻突然傳來手機鈴聲，他只感到一陣惱怒，這種時候他哪有心情接電話！

「把手機丟過來！」中年男人怒不可遏的吼：「不然我打爆他的手！」他用槍指著大樓邊緣。

「別，我立刻丟！」

姜子牙掏出手機作勢欲丟，但一瞬間卻突然想起傅君說的話來，他說他會打電話過來，還說——

一定要接電話。

姜子牙毫不遲疑就按下接聽鍵。

以東皇之名號召，以東皇之口許諾，汝等妖靈已自由，汝之主為無人，即刻生效！

手機爆出巨大的音量，震得姜子牙一陣頭痛和耳鳴，許久都只能抱頭蹲在地上，當他好不容易回過神來的時候，小雪撲在他的腳邊緊緊抱著不放，而耳邊盡是慘叫和槍聲。

爬行屍、稻草人和塑膠模特兒竟然正在攻擊那個中年男人！

男人被撲倒在地上，只能徒勞無功的開槍。

但是那些妖靈似乎根本不怕槍這種東西，就算身體被打爆了，他們不斷用嘴、用手、用盡各種方式，就是執意要把男人吞蝕殆盡！

見到這血腥的一幕，姜子牙嚇傻了，管家一步上前，以身擋住他，免得他被流彈擊中。

但接下來，一聲兩聲三聲槍響，姜子牙終於發現中年男人開槍的目標是什麼——那是路揚在的位置，他竟然死也要拖人下水！

而且該死的槍法還很準！姜子牙推開管家，朝大樓邊緣狂奔。

「哥哥！」

小雪從背包裡跳出來，朝著姜子牙衝過去，但一道槍聲冷不防響起，一切真的宛如電影慢動作播放，小雪撲倒在地上，姜子牙的左肩突然受到強烈衝擊，他整個人被擊飛出去。

但這正好，他撲倒在欄杆邊，右手抓住路揚的手，只用單手幾乎不可能抓穩，幸好有手銬可以卡住。

那只手銬中間的鏈條只剩下一點點相連了。

路揚的手滿是血，滑得根本抓不住，姜子牙只能抓著手銬，甚至把手指都塞進手銬和鏈條的縫隙中，不這樣，他真的很怕自己抓不住。
這時，他才覺得從手指到雙肩都痛得快炸掉了，左肩痛得早麻痺了，整條手根本使不上力氣，右肩緊壓在欄杆上，支撐著路揚整個人的重量，更是痛得感覺會斷掉。
這撐不了多久。他回頭張望想尋求幫助，卻看見小雪倒在地上，一動也不動。
小雪……
「管家，快幫我！」
聽到叫喚，管家走上前來，卻沒有伸出援手，只是帶著抱歉的語氣說：「我只是寄宿在娃娃上的幻妖，甚至比不上小雪，根本沒有能力拉動太重的東西，平時幫主人提兩袋垃圾去丟就是我的極限了。」
聞言，姜子牙的心都涼了。
管家好意的勸告：「我勸你放開他，趕快去就醫，你的肩膀中槍，流了很多血。」
「路揚！」姜子牙卻不願照做，只是拚命大吼：「快點醒醒啊路揚！你這王八蛋別給我吊在半空中睡大覺啊！」
路揚一點反應也沒有。
姜子牙湧起一陣絕望。
他的手已經麻痺無力了，完全是靠手銬卡住居多，但他卻絕對不能放手，這裡是頂樓，該死的學校圖書館竟然有七樓！

路揚還是昏迷狀態，摔下去肯定沒有命，除非對方還隱瞞了自己有金剛不壞之身的秘密——手腕都是血了，還金鋼不壞個屁！

「管家，幫我叫醒小雪，你們一起來幫我把路揚提上來，拜託……」

管家搖了搖頭，說：「恐怕她也是沒有辦法的，她的能力可以做到很多事情，但我想以她的類型和目前展示出來的能力，應該不包括出力氣。」

一聽，姜子牙徹底絕望了。

「我很抱歉。」管家低下垂頭，滿臉歉疚的說：「我想幫忙，但真的沒有辦法，我伸手去抓他的話，他也只會掉下去而已。」

見狀，姜子牙慘笑了。

「我相信你，你的表情看起來真的很歉疚……真像個人。」

管家一怔。

「為什麼你們會不是人呢？小雪還幫我擋子彈！為什麼你們會不是人？有多少人可以幫別人擋子彈？」

姜子牙幾乎快哭了出來。

他先是找人燒小雪，再來又要賣了小雪，結果小雪最後卻幫他擋子彈——他真是個大混球！

但現在還不是哭的時候，他忍住眼淚，對管家交代：「如果我出了什麼事，拜託你跟我姐夫說『我姐就拜託他了』。」

管家張了張嘴，卻不知道自己該回應些什麼話，他有點疑惑自己為什麼遲疑，這時候該說「好」，不是嗎？

姜子牙努力試著站起來，這很不容易，尤其是手上還抓著一個人的時候，唯一慶幸的是自己不知是失血過多，還是已經痛得麻痺了，所以痛感沒有剛才那麼強烈——希望不要是迴光返照就好。

欄杆的縫隙很窄，路揚不可能穿過來，所以他必須要把對方提高到欄杆的高度，然後從上方抓進來才行。

花了十成十的力氣，姜子牙才站起來，路揚也被他提高到欄杆的一半了，但他卻覺得全身發冷，左肩已經沒有感覺了，恐怕他沒有太多時間。

他壓在欄杆上，為了抓路揚起來，只得把上半身探出去，但卻錯估自己的力氣，或許是他已經再也無力了也說不一定，路揚並沒有被提起來，卻是姜子牙自己的腳懸了空，只有腹部還壓著欄杆，但是這一點用也沒有。

整個人開始向下傾斜的那瞬間，姜子牙唯一能想到的事情是大喊：「管家，你的名字是朝索！」

「朝索・安德利斯！」

姜子牙滑了下去——

這時候唯一能做的事情只有閉緊雙眼。

卻是遲遲等不到下墜的感覺。

該不會直接就死了吧？有這麼快的嗎？

姜子牙疑惑地張開眼睛，一眼就望見管家那帥得像雜誌模特兒的臉。

管家正抓著他和路揚。

而且他的力氣大得不可思議，一手抓著姜子牙，一手抓著路揚，卻還是毫無勉強的神色，甚至能對兩人微笑，然後十分穩妥地把他們提起來，再穩穩地放到地上。

姜子牙坐在地板上老半天，嚇傻的腦子卻還是空白一片，抬頭看著管家，呆呆地問：「你不是說你提不起來？」

管家正低頭看著自己的雙手，滿臉驚訝的神色——驚訝且欣喜。

看見這表情，姜子牙也懂了。「你升級啦？」

「是的，我想自己是『升級』了。」管家笑了出來，掩不住高興的神采，說：「我已成了『虛』，這都要感謝您。」

說完，管家轉頭看向一旁虎視眈眈的四隻妖，只是微微一笑，卻嚇得他們四下逃竄。

這聽起來像是件好事。

管家的表情比以往有人味多了，而且還主動保護他們，嚇走那些妖，不過姜子牙卻有種預感——御書一定會掐死自己，絕對！

「好痛喔，哥哥……」

不遠處的小雪邊哭邊慢慢爬起來，這時，姜子牙終於昏了過去，帶著微笑。

御書難得跨出自家大門，有個不算太好的理由，對門鄰居住院了，她要去探個病——順便帶了包食鹽，準備在傷口上灑鹽。

管家也跟著她去，從跨出公寓大門到醫院的途中，吸引無數從八歲到八十歲的女性生物注目，每個人都直勾勾地盯著管家不放，根本不管他旁邊有個女的，直接衝過來遞電話號碼的人也有好幾個。

都還沒走到姜子牙的病房，御書已經決定之後要再來一次。下次她會帶辣椒粉。

跨進病房，裡頭只有姜子牙一個人在，正艱難地在翻閱一本原文書，他的左手整個上了繃帶和夾板，根本不能動彈，就是右手也纏著滿滿的繃帶，臉上還貼著好幾塊紗布，是撲倒的時候撞傷的。

他一看見御書就立刻臉色大變。

御書左右張望，奇怪的問：「姜玉不在？」還真的可以在傷口上灑鹽了。

「姐去採買了。」姜子牙畏縮的說：「啊……那個、管家的事情，我真的不是故意的……」

「我知道，你是刻意的。」御書坐到病床旁邊，冷冷地說。

姜子牙沒有辦法辯解。

管家走到一旁的桌子邊，那裡有個探病的水果籃，他拿起一顆蘋果開始削皮，削下來的皮甚至可以透光。

御書僵著臉，用犀利的眼神凌遲姜子牙，但沒多久就忍不住開罵了。

「你家小雪只是個小女娃，我家管家是個吸血鬼，兩個挑一個，你也該讓小雪成虛，不是讓我的管家成虛啊！你是要幫世界多一個吸血鬼物種嗎？你知道食物鏈裡面，吸血鬼在人類的上方嗎？你想當食物就去當，我可不想血被吸光啊！」

姜子牙委屈的說：「我只是喊了他的名字而已，根本不知道他會就這樣升級啊！我喊了小雪的名字這麼多次，她就沒升級，誰知道只喊一次管家的名字就會升級啊！」

御書抓狂的大吼：「叫法不一樣啦！」

到底哪裡不一樣啦？姜子牙覺得自己真是冤到最高點，他根本不知道這喊法到底不同，難道邊跳樓邊大吼比較有用嗎？

不過，就算知道自己那一聲叫喚會讓管家成虛，恐怕姜子牙還是會喊出來，不喊就是兩條人命，其中一條還是他自己的，好死不如賴活啊！況且，他若出了事，他姐會……

御書怒吼：「你這個超級無敵惹禍精！有隻真實之眼也就算了，連喚名能力也有，難怪你家連『真』都跑出來了，百分之兩百有你的功勞在裡面！」

姜子牙一愣，除了眼睛，連他的嘴也有問題？

「等等，你家的『真』是……？」御書停下話來，甩了甩頭，繼續怒吼：「總之我警告你，以後別上我家來，更不准用你那隻眼睛看著管家，最重要的是絕對不准叫他的名字！就算你快被凌遲處死了，也絕對不准叫他的名，聽見了沒有！」

不能上御書家？姜子牙張了張嘴，他本來還想抱著御書的大腿，求她教導自己的。

「知道了。」她的話都說到這個分上了，姜子牙也只好答應。

御書搶過管家削好的蘋果，完全沒有給病人的意思，在姜子牙的哀怨注視之下啃光蘋果，這才煩躁地說：「你要負責倒垃圾，聽見了沒有？」

「呃？」姜子牙一怔，不解的問：「倒什麼垃圾？」

御書強調的說：「出院以後，你要負責拿垃圾去等垃圾車，聽見了沒有！」

等垃圾車的時間……姜子牙用力點了點頭。

「就這樣了。」

御書把果核丟到姜子牙身上，拍拍屁股，起身走人。

路揚走了進來，正好與御書和管家擦身而過，有些訝異地看著兩人，但對方似乎完全沒有停下打招呼的意思，他也只有摸摸鼻子坐到病床旁邊。

路揚的雙手手腕還纏著厚厚的紗布，但比起到現在也只能躺床的重傷患姜子牙，他老早就可以到處亂跑了。他順手幫姜子牙翻了書，然後疑惑地問：「剛剛出去的那兩個人是誰？」

「我家對面的鄰居。」

「喔，那男的長得真不是蓋的，帥得跟我有得一拚！」

「……我應該讓你多吊二十四小時。」

一回到家裡，御書就感覺鬆了一大口氣。回家真好，可以的話，她真想一輩子爛在家裡。

突然，她一個皺眉，回頭問：「江姜就是姜子牙家裡的那個『真』，對吧？」

管家盡責的點頭回答：「是的。」

「該死！」御書罵了一聲，滿心煩躁地說：「一旦走出家裡，我就連江姜是『真』這點都快記不起來了。」

竟然連在對門的東西都能遺忘！御書心中忍不住湧起一陣恐慌。

這個世界到底還剩下幾分真？

就算盡可能不踏出自己的公寓，把自己關在這個界裡，她對這個世界的記憶又剩下幾分真？世界原本的樣貌到底……

「算了，記得那麼清楚做什麼，不想了——不想了啦！想那麼多也沒用！記那麼多，最後還不是真假都分不清！日子還不是要過，稿子還不是得趕！」

御書抓髮亂叫狂吼踢腿滿屋子滾來滾去。

「好吧，您今天可以多喝一杯咖啡。」管家無奈地說：「我現在就去煮。」

她安靜了。

「說真的，我很難理解你們的想法。」

御書捧著咖啡，懶洋洋的斜躺在沙發上，雖然她打死也不想讓管家成虛，不過又不得不承認，管家成了虛以後，比以前更加善解人意，而且聊起天來也有趣多了。

「管家，知道自己只是某人的幻想，不是真實的存在，那是什麼樣的感受？」

「主人，我只是虛，還沒有真實到開始懷疑自我的存在。」

聽到這種回答，御書心中一震，看著彷彿永遠都在微笑的管家，她呼了一口長長的氣。

「現在我開始明白『虛』到底哪裡比『幻』更真實了。能夠說出這種話來，我開始懷疑你是不是在說謊！你真的不懂『自我』嗎？」

「是的，確實不懂。」就算被指責說謊，管家仍舊微笑以對。

御書覺得她一個字也不信，冷哼了一聲，用立誓般的語氣說：「不管如何，我絕對不會讓你成真的，永遠別想拿回你的名字，『管家』！」

「如您所願，主人。」管家仍舊保持微笑。

——未完・待續

名詞解釋

【幻虛真】
喚名一次成幻；兩次成虛；三次終成真，從「不存在」到「存在」的進階過程。
【界】
能夠迷惑人眼的虛幻空間。
【路徑】
進入界的必要程序。
【幻妖】
由人的想像和故事傳說等等誕生出來的妖，十分低等，幾乎沒有什麼能力，也很難成為幻以上的存在。
【器妖】
從年代久遠的器物誕生出來的妖，擁有多種不同能力，視器妖的種類或者誕生方式而定。

後記

幻虛真系列中提到不少從小說中出來的角色，那些小說確實存在，也就是我的其他小說，但沒有看過也是沒有什麼關係。

就如御書所說，這裡的角色已經不是小說中的角色了，他們由不同的人想像出來，又有了不同的際遇，因此造就出不同的人物，所以就請當作新角色來看待了。

記得剛開始在網路連載試閱的時候時，有讀者問我，文中的女作家分明就是在寫我自己真有這麼明顯嗎，幹嘛不直接使用「御我」，還來個御書幹什麼？

因為我正徒勞無功地在跟文中的女作家做點分割，免得大家為了喚名成真，一直喊叫自己喜歡角色的名字，卻怎麼也喚不出來，到時會把怒火轉向我。

請記住！文中的女作家是御書，不是御我啊！要找人算帳請找她去！

再來，思量再三，我還是直接寫出臺灣了，雖然創個架空之地寫起來會方便許多，但是想來想去，我還是想直接標明故事就發生在大家住的這塊地方。

唯獨一些詳細的路名地名學校名稱，為了避免對號入座等等，所以還是欲蓋彌彰地稍微變動了一些，已經不是原校名或路名囉！大家可以不用去查的，而且不管大家猜我指的是哪裡，反正我都是不會承認的啦！

其實這本書最初的構想是恐怖故事。

但是寫了開頭就歪掉了，寫到中間就已經歪到異世界了，而且看情況應該還會一路歪下去，所以我自己也不好意思說是恐怖小說了，要說是哪種分類也很難說個明白，乾脆就如往常地列入我自創的「亂想小說」分類好了。

所以，大家不要跟我搖頭說這不是恐怖小說這不是恐怖小說喔！

其實就連集數問題也和當初預定的不太一樣了，幻虛真系列設定是單元式故事，主角群是相同的，但一集就是一個事件，是屬於這樣的模式。

所以，人娃契原本該是一集，結果一集沒法交代完畢，變成上卷。

我想應該是因為第一集，所有人物都是第一次出場，所有事情都是第一次介紹，所以需要交代的東西比較多，得要上下兩卷才有辦法結束人娃契這一個事件。

之後大概也是這樣的模式，每個事件大概一到兩集結束（不敢說一集結束了），至於分別會是些什麼事件，就請大家密切關注姜子牙和路揚的幻想人生吧！

其實我非常想問大家比較喜歡姜子牙還是路揚？

因為本書架構於現實世界卻又超脫現實（這是什麼鬼話），所以照慣例來提醒一下：

「本書內容純屬虛構，大家看小說歡樂就好，別真的去喚名啊！尤其是那些平常沒事常常在亂想的人，想像力太過強大的……千萬別亂來喔喔喔！」

好！最後，希望大家會喜歡這本小說，咱們下本書再見囉！

總算收工了，朝索，咖啡沒了，幫我泡一杯來。

什麼？一天只能喝兩杯，我今天的咖啡額度已滿了？不要這樣啊！我今天剛完成一本書，讓我多喝一杯當作慶祝都不行啊？

我要咖啡～～而且不准用低咖啡因來唬弄我～～～

BY 御我

高寶書版集團
gobooks.com.tw

輕世代 FX01001
幻·虛·真 人娃契(上卷)

作　　者 御 我
繪　　者 九月紫
編　　輯 王藝婷
美術設計 子 語
美術編輯 陸聖欣
排　　版 彭立瑋

發 行 人 朱凱蕾
出　　版 英屬維京群島商高寶國際有限公司臺灣分公司
Global Group Holdings, Ltd.
地　　址 臺北市內湖區洲子街88號3樓
網　　址 www.gobooks.com.tw
電　　話 (02) 27992788
電　　郵 readers@gobooks.com.tw（讀者服務部）
pr@gobooks.com.tw（公關諮詢部）
傳　　真 出版部 (02) 27990909 行銷部 (02) 27993088
郵政劃撥 50404557
戶　　名 三日月書版股份有限公司
發　　行 三日月書版股份有限公司/Printed in Taiwan
初版日期 2013年 3 月
二刷日期 2019年 6 月

國家圖書館出版品預行編目(CIP)資料

幻.虛.真：人娃契 / 御我著.-- 初版. -- 臺北市：
高寶國際, 2013.03-
冊； 公分. --

ISBN 978-986-185-836-4(上冊：平裝)

857.7　　102004123

三日月書版

三日月書版

姜子牙

【生平描述】

總的來說是個平凡的樂天派大學生，除了左眼以外，
沒有什麼煩惱，但光是這隻左眼就夠他煩惱的了，
除了眼瞳上方有一小塊變異的藍，這左眼還有別的祕密——
能夠看見不該看見的東西。

生平最愛：家人
生平最恨：左眼看見的東西
又愛又恨：路揚
專屬武器：變異左眼

「預測指數一覽表」
戰鬥指數：30
體質指數：60
輔助指數：99

幻真

江姜

生平最愛：媽媽
生平最恨：被媽媽罵
又愛又恨：姜子牙
專屬武器：？？？

「預測指數一覽表」
戰鬥指數：？？？
體質指數：30
輔助指數：10

江雪

生平最愛：江姜
生平最恨：被遺忘
又愛又恨：姜玉
專屬武器：變幻

「預測指數一覽表」
戰鬥指數：40
體質指數：10
輔助指數：60

江雪

【生平描述】

似乎是姜玉孩童時期的娃娃，
目前化為江姜的雙胞胎姊妹，
故事開頭就是接近「虛」的存在，
存在時間不明，出現原因不明。

江姜

【生平描述】

三歲小女孩，姜子牙的外甥女，
但是事情似乎有古怪的地方，
小女孩身上有個必須遺忘的大祕密，
一旦想起來……

路揚

【生平描述】

姜子牙從高中到大學的同班同學，是個棕髮綠眼的混血兒，因為混血的外貌和姜子牙的變色左眼都有古怪之處，所以成為好朋友，但這位好友身上的祕密似乎也不少……

剔

生平最愛：父母
生平最恨：鬼怪
又愛又恨：外公
專屬武器：剔

「預測指數一覽表」
戰鬥指數：90
體質指數：90
輔助指數：10